发生在
徐英洞的故事

서영동 이야기

조남주

[韩]赵南柱 著　李冬梅 译

上海译文出版社

当房子成为东亚人一生的命题

中国人永远都在谈论房子。

房子几乎是一生都无法摆脱的宿命。没有房子的时候谈会不会买，买了之后谈房价涨多少，之后又开始为了小孩读书、为了二胎换房。你以为总算能歇一段时间了，无论跟谁在一起，聊天的落脚点还是会时不时落到房子上，比如是否该换房搬去更好的学区，是否该给三岁的小孩准备一套未来的房子……

2023年春天，我母亲跟我散步路过上海郊区一个小区的别墅区，她指着其中一套说，这房子比三年前涨了一千多万。

当时我们脑海中可能都闪过了同样的念头，如果三年前砸锅卖铁，求爷爷告奶奶，买下了这套房多好。三年就是一千万，很多人这辈子干够三十年都赚不到一千万。当房价狂涨时，你会迅速感觉到人生的一种虚无，我再努力又怎么样，努力工作，就能买得起房子吗？

但是最近房价好像有跌的势头，它更加令人难受。怎么办，房价都跌了，那日子还能好过吗？

我翻开《发生在徐英洞的故事》，明明这些故事都远在韩国首尔，但其中不少都能跟中国上海对上。东亚人骨子里都是一样，闲不下来做个不停，却很少感觉到快乐。你总是在焦虑，焦虑那些发生的事情，还要焦虑那些没发生的事。

徐英洞的人们，跟我身边的人一样，也发愁为什么自己小区不涨价，为什么地铁不能在小区旁开个进站口，为什么中介故意做低房价。这些故事，简直可以说一模一样。

我住在一个郊区小区，前两年通知说要在小区门口建地铁，每次在小区散步，都有人让大家填倡议表，倡议内容是在小区门口增加一个地铁出入口。而当小区对面的工地开始动工时，邻居都非常关心，你们要建什么？

看这本短篇小说时，我仿佛也是生活在徐英洞的人一样，明明无意卷入各种纷争，但最后投入得比谁都要深，甚至成为了矛盾的漩涡中心。

里面最打动我的一篇，是"警告侠"的故事。已经退休的父亲，为了要养没工作的儿子和年幼的孙子，出来当小区警卫，这让我舒了一口气，也不仅仅是中国人啃老，韩国人也一样。

东亚人总是偏向于要帮扶子女，那种传统的大家长制，不管社会进步到什么地步，都难以轻松摆脱掉。上了年纪本来该享清福的老人，不可避免要继续帮成年子女带小孩，提供生活费。而他们能从事的工作，通常是中青年人无法接受的、不体面的工作。

小区警卫，公司保洁，家政阿姨……这些老人一边忙个不停，一边还要因为跟时代脱节，时常脚步踉跄。看着真难，真惨，却没有办法。

就算你作为子女，已经住上了小区最好的顶层复式，还是不能阻止父亲在这一片当小区警卫。他在做着一份自尊总被践踏的工作，而你甚至还要把同情掩藏起来，免得别人顺带一起看不起你。

另一篇讲子女的《Sally妈妈银珠》，则是另一种苦。自己当成宝贝一样的女儿，在幼儿园被人咬了，该怎么办？在一开始的交手中，明明银珠应该是理直气壮的受害者，只因为对方妈妈是家长代表，她气势一下矮了下去。

她在心理上是处于弱势的，因为她是一个普通妈妈，没什么可骄傲的事，也不怎么跟人交际。而对方妈妈据说曾经是名律师，大家都对她赞赏有加，这样的人，你怎么敢心安理得去命令她，接受她的道歉？

上海一般把这样的家长组织称为家委会。能够在家委会占据一席之地的，一般都是简历相当厉害的家长，甚至有时让你好奇，都这么厉害了，为什么还要来家委会，平时工作不忙吗？

原因当然是为了孩子。

银珠给我这样一种感受，她代表一大部分普通妈妈，没有那么厉害，也没有那么会来事儿，只是因为对小孩的爱，让她忽然一下子勇敢起来。

只是，那又怎么样呢？孩子被欺负这件事过去后，这类妈妈通常又会泯然众人，不愿意再出来露面。说句实话，我也是这样的妈妈。

里面每一个故事，你都能在自己的生活里找到一个原型。

东亚人真苦，在有限的资源里，必须要靠自己的勤劳努力奋斗出一片天地，也就是安身立命的房子。为了房子，不停衍生出各种各样的矛盾，来自邻居的噪音，小区论坛上的看起来很奇怪的人，进退两难的中年人，为了子女奉献终身的老人……

在小说的倒数第二个故事中，我看到了像寄居蟹一样不停换房子的女人。靠着在恰巧的时机上车，明智换房，一家人房子越搬越大，住得越来越好。但因为邻居频频造访，夫妇俩烦心不已。可是房子毕竟又涨价了，这种又喜又悲的情绪，一直围绕着做决策的女人。

不知不觉，房子已经变成比伴侣更重要的存在，几乎城市中所有成熟女人都断言：男人可以换，房子可是错过这个，下次就买不起了。

几年前一个女朋友谈论她新买的公寓，说对这套房子一见钟情，中介带着过来看第一眼，就决定买下。急急忙忙付下五十万定金，还差点被人截胡，幸好那对夫妻没她凑钱凑得快。

几年后，朋友要卖掉这套房子，她为难的样子表明这件事要比离婚难决定多了。因为最近市场不好，已经急降一百万，却连上门看房的买家都没有。朋友为此愁肠百结，却没什么办法。

这时也没办法去劝她要痛下决心。不，这样的话，绝不能说，因为你也不知道，之后市场会怎样。

房价涨的时候忧愁，房价跌的时候更加忧愁，什么时候会快乐？没有人能说出来。

你的快乐仅仅存在于刚刚挤上车那几秒钟，不久之后，新的忧愁又来了。

话说回来，即便如此，却没有一个东亚人后悔自己买了房。

我们讨厌颠沛流离的感觉，却把自己套得越来越牢。

毛利

2023年6月

序　言

《发生在徐英洞的故事》里的短篇小说大部分写于2020—2021年间，当时韩国房地产正处于飞速增长期。

新闻报道说，住房买卖价格在2020年上涨了8.3%，2021年上涨了15%，但实际的涨幅绝不止于此。有人在看房后考虑是否购买的几天里，房价就上涨了几千万元[1]；还有人在为买房子拼命攒钱的几年间，房价上涨了两三倍。最终，他们不得不放弃买房。每次看到房产中介广告上的金额，我都暗自吃惊。全税价格随着房价的上涨而提高，很多人已经难以承受全税保证金。

我们每天勤勤恳恳地工作，但工资与劳动的价值却一落千丈。买房成为守住劳动价值的唯一手段。由此出现了很多新造词——拼拼凑凑，甚至拼了灵魂而买房的"拼灵族"、担心房价继续上涨而匆忙决定买房的"抢购"、突然赚了很多钱的"暴富"及其反义词"暴贫"等。

在写这个序言的2023年，情况却发生了截然相反的变化。房地产陷入低迷,银行贷款利率却高得离谱。进入高利率时代后,曾使出浑身解数才获得银行贷款的"拼灵族"们现在又因贷款利息而举步维艰。房价不断下跌,房产市场跌入冰点,无人买房,因此,也不可能卖掉房子还贷款。仅仅几年前,政府为保持房价稳定,还不断出台新政策,而现在却担心泡沫崩溃,准备软着陆。

很多人通过辛辛苦苦地工作才置办了房产,但那个房产现在却已经威胁到自己的资产与家庭的安定。我们无从知晓房地产以后的发展趋势,"下降论者"认为,人口不断减少,房地产已经走到了尽头;"触底论者"认为,房价已经降到了最低点,以后肯定上涨;"不动产不败论者"则认为,从长期来看,在韩国投资不动产不会失败。

不管是在涨价期,还是在降价期,无可争辩的事实是,房价高得离谱,已经超出了平凡的工薪层所能承受的范围。而且,房子作为资产的价值已经远远超出了作为生活空间的价值。

每次乘车外出,看到车窗外全是房子时,我经常觉得很困惑。特别是路过以前经常走的路或生活过的小区时,

---

[1] 作者序及正文中的货币均为韩元,正文中情节所处的2018年韩元兑人民币为10 000韩元=60.078人民币。本书中的注释如无说明均为译者注。

看到老旧的商业街、单独住宅密集的地方乃至空地、小游乐园全都变成了房子，我很疑惑：这么多房子，真的有人住吗？韩国人都只在首尔生活吗？但，我自己也出生在首尔，生活在首尔，所以，竟也无话可说。

这不仅仅是首尔的问题。据我所知，日本也在经历其顽疾——东京集中化现象；中国人也聚集到深圳、广州、上海等经济中心城市，因此出现了房价暴涨现象。被卷入这个洪流，我觉得非常无力。我们不是房地产业界的工作者，也不是制定政策的专家，所以，我们一点办法都没有。这就是写作《发生在徐英洞的故事》的动机。

我写《发生在徐英洞的故事》不是为了批判韩国的房地产市场与政策，也不是为了揭发现代人扭曲的欲望，而是出于一种苦闷——在个人束手无策的时代与社会的不幸面前，我们能做什么选择？又应该持什么态度？同时也是出于一个疑问——我们如何才能活得像个人？

我小时候生活过的小区现在已经消失了，因为拆迁，她已经完全变成了另外一个地方。不知道是因为事情发生得太久，还是因为那个小区已经消失了，我并不思念那里。虽然确实无法回去，但我也不想回去。不过，我很好奇：有故乡，有思念的场所、思念的时节、思念的人，是什么感觉？

我不思念故乡，却经常想起"徐英洞"。虽然有过故乡，但她已经消失了。徐英洞最初是不存在的，但我觉得她应该在某个地方。事实上，我现在生活的地方与徐英洞差不多，虽然依然很困难、痛苦、羞愧，不过我希望在很久以后，"徐英洞"以及现在生活的地方成为我思念的地方。

大家有思念的地方吗？

2023 年春

赵南柱于首尔

目录

春天的爸爸（新会员） ... 1

警告侠 ... 33

Sally妈妈银珠 ... 61

纪录片导演安宝美 ... 91

白银辅导班联合会会长庆花 ... 121

有教养的首尔市民晢珍 ... 149

奇怪国度的Ellie ... 177

春天的爸爸（新会员）

徐英洞的居民真单纯

 春天的爸爸（新会员）

2018.5.14 00:13 浏览 87   跟帖 7 URL 复制

其实,
前年,我曾在徐英洞的东亚1期和银罗洞的大林2期之间犹豫过,
最终买了徐英洞的东亚,
当时两个小区的价格差不多。

现在呢?
银罗洞的大林涨了1亿,徐英洞的东亚却一分没涨。

光银罗洞涨了吗?
除了徐英洞,整个首尔都涨了!

大家了解现在首尔房价的行情吗?
上了房产中介公司的当、低价卖房的人,
真让人郁闷。

这房子可是我们辛辛苦苦工作、省吃俭用地积攒下的重要资产啊!
为什么要自降我们的身价呢?

 春天的爸爸   查看更多

赞 79 跟帖 7   分享 举报

春天的爸爸（新会员）   3

我被警告了

 春天的爸爸（新会员）

2018.5.14 21:48 浏览 125　　　　　　　跟帖 13 URL 复制

因为昨天发的帖子，我被警告了，
这个社区的管理者给我发私信，说我挑起了会员间的纷争。
而且还警告我说，如果再发一次这样的帖子，
就会被降低等级，以后无法在群里发言。
这是谁的意思？
社区管理者的意见能代表全体会员吗？

我写了3篇文章，分别是
"徐英洞房地产中介公司的真面目"
"徐英洞的学区不比江南差"
"如果在东亚1期旁建徐英站3号出口"

如果大家同意，我将依次发出来。
如果我的帖子引起了大家的反感，
我将不再上传文章，并退出这个社区。
请大家跟帖。

 春天的爸爸　　　　　　　　　　　　　　查看更多

赞 53 跟帖 13　　　　　　　　　　　　　分享 举报

预告 从周一开始，我将每周上传一篇帖子

 春天的爸爸（新会员）

2018.5.17　23:21　浏览 257　　　　　　跟帖 15　URL 复制

从 14 号晚上 10 点到今天晚上 10 点，
我共收到 300 多个跟帖。

明确要求上传文章的跟帖是 124 个，
觉得需要再讨论的跟帖是 14 个，
要求社区撤销对文章主题限制的跟帖是 8 个，
反对我上传文章、要求我退出的跟帖是 62 个。
其他跟帖是会员们关于跟帖论争的重复性意见。

根据大家的意见，
从下周一开始，我将每周上传一篇文章。
就算管理者将我降低等级、强制我退出，也无所谓。
无论大家持什么意见，
希望大家再重新认真思考一下。

 春天的爸爸　　　　　　　　　　　　查看更多

赞 48　跟帖 15　　　　　　　　　　　　分享　举报

春天的爸爸（新会员）　　5

1
徐英洞房地产中介公司的真面目

手机横放在厨房窗台上,正播放着"菜单大全"里的视频。世勋根据视频里的演示,用辣椒酱、辣椒粉、梅子汁、酱油、料酒、蒜泥、糖稀、胡椒粉调成料汁,然后开火,用刚调好的料汁炒肉。辣炒肉的香味将裕贞吸引到厨房。

"哇!好香啊!我去洗一下生菜和苏子叶,再准备好小菜,你接着炒吧。"

裕贞打开冰箱,拿出几个装着小菜的保鲜盒,把小菜盛到碟子里时,她突然问道:

"你看'徐助人'里的文章了没?"

"徐英洞房地产中介公司的真面目?"

"嗯!你也看了!"

"今天我们足球队都在聊这事呢。"

"徐助人"是指Naver[1]上徐英洞的网络社区,是"住在徐英洞的人"的谐音。世勋与裕贞结婚6年了,两人都是"徐助人"的活跃分子。在"徐助人",小区周围的美食店、医院以及各种折扣信息等一应俱全。此外，通过"徐助人"，世勋加入了足球晨练队，裕贞也创建了英语角，练习英语口语。隔周的周六早上，世勋都会去踢球，踢完球会跟队员去喝酒，尽兴畅饮后，他便回家睡觉。醒来后，他便洗衣服、打扫卫生间、准备晚餐，晚餐当然都是裕贞喜欢吃的菜。

世勋在原来菜谱的基础上又多放了一个青阳辣椒，裕贞辣得一直喝凉水，但仍没停下手里的筷子。世勋满眼宠溺地看着裕贞吃饭，然后他突然想起来什么似的问道：

"你记得勇根吗？"

"勇根？"

"我们队的前锋，上次安阳比赛时踢右边锋的。"

"想不起来，因为我的眼里只有你。"

说完，裕贞就大笑了起来，笑得满脸飞红，世勋也跟着笑得前仰后合。

"反正有那么一个人，叫勇根，住在东亚1期，跟你同岁，前年搬过来的，去年生了个女儿。"

"所以呢？"

"女儿名字好像叫春儿。"

---

[1] 韩国最大的搜索引擎和门户网站。

刚才还笑得眼睛眯成一条缝的裕贞突然把眼睛睁得圆圆的，夫妻俩想到了同一件事——住东亚1期，前年搬过来，春儿爸爸。

勇根最近在打听岳母家附近的房子。妻子即将复职，但女儿的幼儿园的排队人数却并未减少。岳母虽然表示可以给带孩子，但却说每天往返徐英洞，身体可能吃不消。勇根本来打算周中让孩子住在岳母家，周末再带回家，但最终放弃了，因为他不舍得和孩子分开。

今年年初，他决定搬家。打听岳母家附近房子时，他才知道，这几年首尔的房价涨了很多，但自己的房子却分文未涨。但房产中介公司却异口同声地说，现在是顶点了，要价太高的话根本卖不出去，而且都不想以高于行情的价格把房子挂出去，勇根觉得徐英洞的房产中介公司在暗中勾结，故意压低徐英洞的房价。

于是，勇根就开始鼓动足球晨练队的队员举报房产中介虚假销售。每人可以申请3个账号，每个账号每个月可以举报5个虚假销售，一个人每个月最多可以举报15个。房产中介经常把交易已经完成或者卖方已经收款的房子挂在网上，他觉得这些虚假销售信息影响了徐英洞的房价，而且很大程度上是中介公司在故意压低房价。

勇根夫妻很幸运地在首尔买到一套不错的房子，开始了婚姻生活。两个人一共攒了1亿，双方父母各给了1亿，剩下的房款是从银行贷的款。勇根很清楚自己有多么幸运，但，用卖这个房子的钱，在其他小区却买不到同等面积的房子，这让他很气愤，他整天把"徐英洞的房价被低估了"挂在嘴边。有一次说得太激愤，和足球队队长吵了起来。

"你看，离地铁站很近吧，江南、钟路、麻浦、金浦机场、仁川机场，到哪里都很方便，步行能到达的百货店就有两个，大型超市也有两个吧。首尔还有比我们小区更好的地方吗？可110平方米才6亿，140平方米还不到8亿。现在首尔都没有低于10亿的房子了！徐英洞哪里不如龙山了？哪里不如麻浦了？"

"呀！臭小子，你到底想说什么？你是想说房价应该再上涨吧？你这是在显摆你有房子吧？"

"哥，你反正也不能一直租房子住呀。从长远来看，徐英洞得到合理的评估，对我们大家都有利。"

世勋悄悄拉了一下勇根的胳膊。

"怎么？我说错了？你住的也是自己的房子吧？"

世勋不知道该怎么回答。世勋在徐英洞最贵的诺博公寓买了个110平方米的房子。诺博是与百货商店、地铁站相连的超高层商住两用高档公寓，开盘时，因房地产业不景气，诺博的标价还高，导致很多房子没卖出去。当时，父母强迫世勋买了一套折扣房。当然，从定金到首付以及余款，都是父母给交的。虽然父母嘴上说是借给世勋的，但世勋根本没打算还，父母也没指望他还。

"商住两用的房子实际使用面积小，而且物业费还贵，以后拆迁的可能性也很小，只能眼睁睁地看着房子老化。"世勋小声嘟囔着，并没有大声说——这点眼力见，他还是有的。

"哥，诺博涨了没？没涨吧？诺博可是徐英洞的标杆，诺博呼呼地往上涨，东亚、现代、友星才能跟着涨呀。"

"你跟我说有什么用！我也想让它涨呀！"世勋心想。"你们两个会投胎的好好商量吧！"足球队长往运动场上吐了一口痰，扬长而去。

"勇根说，徐英洞的中介公司把房价压得很低。还说，如果卖房的话，不要找徐英洞的糕房。"

"糕房是什么？春天的爸爸在帖子里也提到了糕房。"

"小型房地产中介。"

"哦，他在嘴上也是这么说的呀！那就太明显了吧。我觉得他还不如伪善一点呢。虽然我也没资格这么说。"

世勋没接话，苦笑了一下，从冰箱里拿出两瓶啤酒。裕贞也正想喝酒，于是开心地接过酒瓶。饭剩下了一半，两个人把辣炒肉当下酒菜，喝起酒来。

其实，裕贞并不想聊房子的事情。这个高档公寓的房子是世勋自己买的，因此，她觉得很有负担。公司的同事们、朋友们甚至裕贞的父母都说："真幸福！你可得对世勋好点！"

现在，世勋在找工作，找了快一年了。他以前在小叔的意大利餐厅做大堂经理，这几年餐厅生意一直不好，最终停业了。世勋想过重新开业，也咨询了连锁店的加盟办法，还往完全不相关的公司投了简历，但都没有成功。现在的生活费全靠裕贞的收入，这让他觉得很羞愧——房子算个什么呀！

裕贞在三星工作，这让世勋既自豪又自卑。每次裕贞说大企业也没啥大不了的、自己也只是普通的工薪族时，世勋就更伤自尊。如果自己没买下这个房子的话，他可能会因为自卑而崩溃。

"勇根通过那个大峙洞的房地产中介把房子挂了出去。"

"春天的爸爸推荐的那个？"

"嗯，我看了一下Naver房地产，是真的。比现在的行情多出了1亿。"

春天的爸爸在帖子中列出详细条目，对徐英洞房地产中介公司进行批判，最后推荐了狎鸥亭洞的"半岛房地产"。他说，房产买卖并非必须通过房产所在地的中介公司，半岛房地产在给居住在狎鸥亭的买方与其他区的卖方之间牵线搭桥。他还说，据半岛房地产代表介绍，最近很多拥有高档住宅的人有继续购入徐英洞房子的动向。所以，春天的爸爸总结道："这就是说，徐英洞有很高的投资价值，但现在却被评估得太低了。"

春天的爸爸在帖子的最后是这么写的：

"在此声明：我只是为了让自己辛辛苦苦积攒下的财产得到公正的评价，在寻找信息时结识了'半岛房地产'而已，与'半岛房地产'没有任何利益关系。"

"真的吗？"

"怎么可能呢。"

裕贞与世勋事不关己似的哈哈地笑着碰了一下酒杯。

2
徐英洞的学区不比江南差

这次聚会距上次快一年了。首先在群里提议进行聚会的是秀民妈妈,积极推动、确定时间与场所的是承熏妈妈。孩子们不像小时候那样听话了,学习也越来越难,高考制度又不断变化,但却得不到有用的信息。妈妈们都很茫然,能依靠的只有"儿童俱乐部"了。

徐英洞的英语幼儿园出现得非常晚。当然,在英语幼儿园出现之前,徐英洞的孩子们在英语学习上并没有懈怠。有的孩子忍受着乘坐辅导班校车的不方便与不安,去附近区的英语幼儿园或重视英语的学前游戏班学习;还有的孩子则在托儿所或幼儿园结束后,去辅导班学习两个多小时英语再回家。

真正能称为英语幼儿园的这个"儿童俱乐部"是在10年前开班的,也就是现在是15岁的孩子5岁的那年。那是个嘈杂的商业街的2楼,不但没有室外游乐设施,还有个致命的缺点——刚起步,无法确保教育质量。即便如此,妈妈妈们依然忍受着比一般幼儿园贵两倍的价格，果断地把孩子送到了这里。

幸好从餐食到对孩子的照顾、教学内容、教学设备，"儿童俱乐部"都很让家长满意。毕业的时候，大部分的孩子都能毫不费力地写出一页左右的英语随笔，也能磕磕巴巴地阅读初一的英语教材，打招呼、买东西之类的生活英语非常流畅。不仅英语，语文与数学也都学得不错。

因为自豪感与同质感，儿童俱乐部第一届毕业生的妈妈聚会还在继续，虽然两个班的32名毕业生大部分都离开了徐英洞，现在，成员还剩下不到10人。

快一年没见面的妈妈们沉浸在当时的记忆中。当时还比较陌生的万圣节、给孩子起英语名字、外教装扮成圣诞老人到每家做客……妈妈们回忆着那些开心又已远去的事情。

"徐英洞现在也不错了。英语幼儿园已经很多了，对吧？"

"除了儿童俱乐部，声元大厦里有一个，白银大厦也有一个。"

"最近还建了一个叫绿野仙境的楼，整栋楼都是英语幼儿园。"

率直的秀民妈妈酸溜溜地说：

"据说，现在一般幼儿园排不上号才去英语幼儿园，我当时真是为了英语才送孩子去的。"

"还有人说，省下上英语幼儿园的钱，将来送孩子去语言研修更合适一些。"

"我不后悔送孩子去儿童俱乐部。我现在只担心她的数学，从来没担心过英语。"

宝拉妈妈断然说道。秀民妈妈接着问道：

"秀民说他英语全忘了，宝拉现在在哪里学英语？"

"嗯？就……就在小区的辅导班。嗯，叫什么来着，突然想不起来了。"

"在我们小区根本就看不到宝拉，我还以为宝拉去大峙洞学习了呢。"

"哪有呀！就在徐英洞学的，大峙洞那么远，怎么能那么折腾孩子呢！"

宝拉妈妈一直支支吾吾，到最后都没说出辅导班的名字。秀民妈妈觉得就是去了大峙洞，承熏妈妈则认为是请了很贵的家教。

宝拉妈妈急忙转换了话题。

"大家都看见那个帖子了吧？春天的爸爸写的。"

"徐英洞的学区不比江南差？"

"对，他说徐英中学不像以前那样了。自从革新学校被查封后，学风好了很多。孩子们现在不抽烟了，也不像以前那样肆无忌惮地谈恋爱了。"

徐英洞的教育环境并不好。特别是徐英中学，传闻说学风相当不好。高年级学生经常殴打低年级的，学生们不害怕老师，而害怕前辈。男女生的交往与分手都很随意，化妆、染头发、戴饰品很常见，到了夏天，有的孩子穿上短袖就会露出满胳膊的文身。

"说不比江南差，有点夸张了吧？"

承熏妈妈一脸嘲笑，秀民妈妈却一本正经地说：

"承熏妈妈，你没看春天的爸爸上传的资料？徐英洞的综合评价不错的。大家一味地贬低徐英洞和徐英洞的学校。但实际上，有人为了让孩子上徐英中学专门搬到这里呢，这几年考上特色高中的孩子也不少。"

宝拉妈妈也插嘴说道：

"我不知道学校怎么样，但辅导班的基础设施是真不错。博朗外语辅导班就是从徐英洞开始的，现在又在龙山、麻浦开了班。以前没开班，也没有辅导班校车的时候，麻浦区的妈妈们都骑车送孩子来博朗学习。明成数学的院长从友星1期的小学习班起步也是真的，她教得特别好，所以去了江南。常春藤先是在徐英洞开班的，后来才去了大岬洞，等她家孩子上了大学，就回到了声元大厦，这也是真的。常春藤的院长不经常说嘛,不知道孩子们为什么总是选择离开徐英洞,其实这里辅导班的水平已经很高了。"

"那她不还是在大峙洞把孩子养大的嘛。"

"她家孩子不是格外优秀嘛,兄妹俩都考上了首尔医大。"

一直坐在角落里听大家聊天的闵佑妈妈突然说:

"小灿妈妈也经常这么说呢。"

"是吗?我是看了春天的爸爸的帖子才知道的。"

"可是,小灿妈妈今天怎么没来呀?"

"小灿妈妈很忙的,自从搬到白银大厦。"

据说,生小灿之前,小灿妈妈在银行上班。10年前,第一次聚会时,秀民妈妈曾刨根问底得令人汗颜:"你在哪个银行上班?支行还是总部?负责窗口业务还是办公室业务?"小灿妈妈回答,她负责企业贷款业务,还笑着自我批判说她经手的都是大钱,所以总看不上家里的柴米油盐。小灿妈妈高中上的是外语高中,大学上的是延世大学。看见妈妈们都很吃惊,她又凄凉地笑着说:

"外语高中毕业的孩子妈妈、名门大学毕业的孩子妈妈、海归派孩子妈妈、在三星上班的孩子妈妈,这样的妈妈很多的,不过,以前在哪里做什么重要吗?现在都一样是孩子的妈妈。"

小灿妈妈对小灿的教育方式非常与众不同。马不停蹄地送孩子去辅导班、请家教、做练习题之类的事情，她从来不做。除儿童俱乐部外，她没送孩子去任何辅导班，而是亲自教。

从普通的故事书到科学童话、数学童话、历史童话、经济童话……即使家里塞满了各个领域的书籍，母子俩每周还去一两次小区的图书馆。小灿和妈妈一起写读书笔记、做科学实验、去博物馆与美术馆、做报纸简报、画画、玩数学原理棋牌游戏，还做妈妈专门给他出的算数题。

瘦小又安静、看起来很普通的小灿从开始上学就显得格外突出。数学、英语、作文、美术甚至连跳绳都无不擅长，他包揽了所有校内比赛的奖项；在校外的数学竞赛与科学思维竞赛中也屡次获奖，甚至在钢琴比赛与游泳比赛中也拿到了奖牌，因此被选拔为教育厅英才，此外，小灿还担任了学生会主席。

所有人都以为小灿会很快离开徐英洞，但他却一直在徐英洞上小学。小灿上小学3年级时，小灿妈妈开始做算数家教；4年级时，小灿妈妈正式创办了辅导班；5年级时，辅导班扩张为英语与数学辅导班。从商住两用楼的一间50平方米小教室发展到小区的商业街上，最后搬到了白银大厦。

小灿妈妈经常说，徐英洞是最适合教育孩子的地方。她经常把徐英洞学校的综合评价表与附近的特色高中、私立高中、科学重点高中的信息以及公共图书馆免费项目的信息贴在辅导班入口的信息栏上，还经常毫不犹豫地向来咨询的学生家长推荐徐英洞的学校。

小灿一家前年搬到离徐英中学较近的东亚1期，这次，小灿妈妈也还说：为什么去其他区呢？哪里有比徐英洞更适合孩子学习的地方？

"我还以为小灿会去大峙洞上学呢，他去徐英中学时，我真吓了一跳。"

"大峙洞？"

"小灿姥姥家不是在大峙洞嘛。"

"哦，是吗？"

"小灿的舅舅在那边做房地产中介，做得还挺大。是在清潭还是在狎鸥亭来着？反正不是小区的小型中介，而是企业型的房地产中介。"

"房地产中介？"

"我昨天在超市遇见了小灿的姥姥。我说你儿子的中介在这边也做得不错，她说卖房的话，可以找她，会给卖个好价。"

前年搬到东亚1期，弟弟做房地产中介，对徐英洞的私人教育实力充满信心。大家都轻轻地点着头，陷入沉默。这时，闵佑妈妈打破沉默，问道：

"春天的爸爸那个人，是男的吗？"

"爸爸应该是男的吧。但也没标示出性别，不好说呀。"

宝拉妈妈低着头嘟囔着说：

"那也有可能是女的。"

3
如果在东亚1期旁建徐英站3号出口

"科长,不去吃饭吗?美英也不去吗?"

机电主任姜永植很久没好好吃午饭了。这几个月,他一直忙于电气设备的检查与维修以及老化变压器的更换工作,现在终于完成了最终的安全检查。去年夏天,因为百年不遇的酷暑,电力使用量增加,一个变压器发生了故障,导致102栋、103栋、104栋停电,尽管他很快修理好了发生故障的变压器,但抗议电话仍此起彼伏。

今年,寒冬刚结束,永植便开始了维保工作,酷暑来临之前,他已完成了全部的工作。清算资料也都整理好交了出去,算是大功告成了。这个小区有15栋、1 000多户,入住20年来,虽然小问题不断,但除了一次停电,没有发生过一次大型事故,这都得归功于永植。每天早晨一上班,永植首先检查101栋到115栋的楼门与电梯,然后去警卫室拿安全报告,再去查看电气室与阀门室。

美英回答说她带了紫菜包饭。会计工作在月末最忙,美英最近异常繁忙，每天只有吃紫菜包饭或三明治的时间。K-公寓上上个月的物业费需要输入，但她现在却在整理资料，再送到会计法人办公室，因为这些资料得尽快委托给外部监察。上网、喝咖啡、抽烟、闲谈之类的事情，美英平时从来不做。她上班时间内勤勤恳恳工作，准点下班后，去管理栋1楼的幼儿园接儿子回家。

  刚过11点，永植就和管理所所长、科长一起走出办公室——在职场人涌向饭店前，他们得达到饭店并找到位置坐下。永植带头走向一家新开的铁板鸡排店。

  虽然没喝酒，三个人的脸却都已泛红，因为天气非常热。管理所所长抬起红通通的脸，支支吾吾地说：

  "科长，我们小区的居民代表大会的选举，好像得从网上进行。"

  "网上？大家都不关心这个事，不过每次投票率都过半。"

  "那是自动过半的？还不是因为我们扯着嗓子喊，抬着投票箱去每家敲门，让人家投票，投票率才过半的。"

  "对了，任期还剩多久？3个月？这个月得把选举管理委员会公告张贴出来呢。"

  选举与永植没有一点关系，他完全出于好奇地问道：

  "从网上投票的话，没有电脑的家庭怎么办？没电脑的家庭其实挺多的。"

"大家不是都有手机嘛。我们用短信把网址发过去，大家点开网址后，跟着提示操作就行。"

"老人们可能都不会呀。"

"哎呀，姜主任，现在的老人都会用Kakao talk[1]，发文件、照片甚至视频都没有问题。不管怎么说，这个Kakao talk是个问题，Kakao talk。"

所长看永植还是一副不释然的表情，接着说：

"当然也有纸制投票，并行就可以了，并行。"

管理所所长突然长长地叹了口气。

"他还会参选吧？"

"安承福代表？当然了。"

所长变成一副倒胃口的表情，他咂咂嘴，把筷子放到桌子上。"安承福？现在的居民代表？"永植问。

"那家伙，有点……很刁钻，不知道是不相信我，还是不相信钱。"

"整天喊着要更换公司、解除合同、打官司，很让人头疼。上次，他说要整合警卫岗、减少警卫人数。所长和我苦口婆心地劝他：现在不比以前了，解雇警卫的话，居民

---

[1] 一种韩国国民常用的聊天应用程序，近似于我国的微信。

们就会抗议、贴大字报,然后就会上新闻,但他不听。然后我们说,那你就不能连任了,结果他马上就改口说不要求整合警卫了。"

所长看了一眼周围,压低嗓子轻声说:

"所以,我才想用网络进行投票的。我在'徐助人'网络社区上悄悄扇了扇风,小学生的接送道路还没修好,折扣市场也不便宜,居民代表到底在干什么?然后就上来了很多跟帖,大家对他很不满意。网络社区的会员大部分是年轻人,我们得让年轻人都投票,年轻人。"

永植突然想起来,有一天在管理事务所,安承福在众目睽睽下与所长争得面红耳赤。据说他60多岁了,乌黑的头发虽然应该是染的,但脸却是红润有光,还没有皱纹,如果他说自己50岁出头,别人也都会相信。几天后,永植在一个意想不到的地方遇到了他。

东亚1期的机电科科长打来电话说,想对东亚1期的电气设施进行维保,让永植介绍在现代公寓工作过的师傅。这个机电科科长曾是永植的同事,永植本来打算只告诉他电话号码,但又想到两人很久没见面了,就提前下班,去了东亚1期。在东亚1期的管理事务所,他又看见了那张红润的脸。

那张红润的脸上正青筋暴起,嘶声力竭抗议着什么。永植躲过他,径直走到办公室里面。"我要去找居民签名,你们为什么拦着?这件事只对我一个人有好处吗?"在办公室里面也能听到他的抗议声。永植问是什么事,科长拧着眉头说:

"刺头,他经常来。"

"签什么名?"

"徐英站,他要求在婚庆公司旁边朝东亚1期的方向上建一个出口。这是我们区的议员在选举时做的承诺,但当选后就装蒜不管了。他说要去找议会办公室和区政府,今天一直在找居民签名。这大叔本来就长得像个骗子,还去别人家按门铃,让人家开门、签名,警卫室的投诉电话都快被打爆了,我们不让他去,他就来这里抗议了。"

永植伸着头从门缝里又看一眼,那人确实是安承福。

"他住这里?"

"他是业主,但不在这里住,他女儿住在他的房子里。前年女儿结婚时,他用自己名义买了个房子让女儿住。女儿家没有自己的房子,据说申请了住房认购。"

"小算盘打得很溜呀。"

"他还自己掏钱制作了横幅,要求在物流仓库的位置上引进图书馆。那时我们告诉他,在小区内挂横幅是要交钱的。他大闹了一阵,嚷嚷着说以公益目的挂横幅,为什么要收钱。最终,我们还是免费给他挂上了。现在又要求在312号拆迁区域建个公园,整天往区政府和市政府跑。"

要求引进图书馆的横幅也挂在现代公寓里,这是居民代表会议的决定。东亚1期的管理事务所不知道那个刺头就是现代公寓的居民代表吗?虽然现代的管理事务所也不知道他们的居民代表在东亚做的事情。传闻这个东西,有时会不胫而走且内容精彩纷呈,有时又迟钝得不可思议。

第二天,安承福又在现代的管理事务所闹了起来。永植检查完机械室后才来到办公室,他用眼神问科长发生了什么事,科长像说腹语似的嘴唇都没动地说:

"他想在东亚1期方向上增开地铁口,为什么要求我们警卫去找居民签名?1号出口离我们已经很近了。"

"他以后真可以去搞政治了。"

科长摇着头说。

"守护财产权。他说他是为了守护我们一辈子诚实工作、省吃俭用地积攒下的资产的价值,才当居民代表的。"

守护我们一辈子诚实工作、省吃俭用地积攒下的资产的价值!这是从哪里听到的呢?哪里来着?哪里来着?啊!

"科长,您看'徐助人'上春天的爸爸的帖子没?"

科长做出恍然大悟的表情，然后嘿嘿地笑了。

"说的话确实很相似。徐英站3号出口、公共图书馆、公园……不过，好像不是他，春天的爸爸说他前年买的东亚1期呀。"

永植本想把前天在东亚1期看到的事情与听到的信息告诉他，但最终还是把话咽了回去。安承福前年在东亚1期买了套房子——为了即将结婚的女儿。而且，他为建造东亚1期方向的地铁口以及徐英洞的公共图书馆和公园正在孤军奋战——为了守护自身资产的价值。

9.13 对策是说实话

春天的爸爸（新会员）

2018.9.14 00:21 浏览 542   跟帖 21 URL 复制

整整四个月没跟大家打招呼了。
大家都还安康吧？

今年夏天各方面都是史无前例的炽热，
首尔市长朴元淳突然提到：
汝矣岛与龙山的整合开发计划，
然后他又去江北的某个阁楼住了一个月吧。

巨大的洪流席卷了麻浦、龙山、城东区以及芦原、道峰和江北区，
现在又来到了徐英洞。
曾经10亿左右的诺博110平方米房子现在已经涨到14亿了。
这是泡沫吗？
或者说，现在才被准确评估呢？

看看政府不断公布的房地产政策，就能知晓答案。
上个月，政府制订了首都圈公共土地开发和管制区域追加指定计划。
今天又要强化综合房地产税、减少企业租赁特惠，
甚至禁止有房的人贷款买第二套房子。

制度越来越严是什么意思？

是房价肯定控制不住的意思。

泡沫会破的，房价会掉一半的……
大家还在这么想吗？

就算房价暂时低迷，也不会跌的，
我说的是首尔，
特别是徐英洞。

春天的爸爸

赞 132　跟帖 21

＊

勇根依旧在徐英洞住着。夏天，每天早上、中午、晚上都有人来看房子，他每周都提价5 000万。有一次都到了签约阶段，但他又觉得好像有点亏，于是没把账号告诉买方，把价格又提高了5 000万。市场很快就沉寂了，他觉得那是因为快到中秋节了，但中秋节过后，情况依然没有好转。现在，距妻子复职还有一个月，岳母说要熟悉这个小区和他家，每周都来三次，但膝盖已经开始出现问题了。

妻子告诫他不要再贪心了，但勇根却无法收手。从8月末的交易情况来看，以现在挂出来的价格，也可以卖出去。明明一次都没到过手的钱，却好像已经是自己的了，又好像被抢走了。因为这份失落感，勇根最近总是寝食难安。

小灿妈妈觉得搬到白银大厦有点力不从心。

那里原来是高考美术专门辅导班，那个辅导班搬走时把办公设备和学生都带走了。虽然不用单独交管理费，但需要重新装修，还得购买语言学习用的设备。小灿妈妈用房子做担保，从银行贷了款——与以前在社区商业街的辅导班相比，这里每个月的房租多出了一倍。

学生们基本都跟着过来了，所以，现在补习费一分钱都不能涨。收入没有变化，但支出却增加了——要还贷款利息和本钱,还要交房租。还能坚持多久呢?小灿妈妈每天晚上都拿着计算器算账:以目前的情况,如果学生是5人的话,是10人的话,是20人的话,收入能增加多少。什么时候能盈余,不再亏空,也就是说什么时候能回本,什么时候提高补习费好……老师已经是最少的人数了,也是最低工资了,工资不可能再减少了。唯一的方法是大量增加学生的数量。

小灿妈妈坐在油漆味尚未散去的院长室里,不断地给学生家长发"朋友推荐活动""兄弟姐妹折扣""预付折扣""优惠活动"等宣传短信。另外,她每个周末都举办院长特别讲座与入学说明会。有一次做讲座时,在学生与学生家长面前,突然流出鼻血,那天偏偏还穿了白衬衣。

现代公寓居民代表大会的选举采用了网络选举的方式,有三个候选人,安承福是第三名,因而落选了。但新的居民代表在选择保洁公司以及在决定预算的过程中与楼栋代表发生了冲突,四个月后就辞职了。在仓促举行的补选中,安承福以98.9%的支持率当选。

徐英站3号出口依然没有任何消息,物流仓库的那块地决定建廉租房了。安承福非常愤怒:又是房子!怎么总是建房子!而且还偏偏建廉租房!他去市政府、区政府、议员办公室以及管理事务所的频率更高了,现在,在东亚1期和现代公寓,安承福都被拉进了黑名单。

警告俠

"你很忙吗?"

裕贞几次没接电话,这次,电话一接通,妈妈就立刻问道。裕贞一边回答说不忙,一边向走廊走去。与其说忙,不如说是她不想接妈妈的电话。哥哥离婚后,妈妈就把哥哥的两个孩子带回了家,又因为养孩子而身心俱疲。裕贞知道妈妈只能对自己诉苦,但她也只是一个普通的职场人,每天的生活都既无聊又疲惫。

"你们最近没事吧?"

"什么?"

"没什么,最近大家都说生活很难。"

到底想说什么?裕贞更希望妈妈先说出打电话的目的。"周末有时间吗?""有闲钱吗?"妈妈总是先问清楚裕贞的情况,再提出让她无法拒绝的要求:"那周末照看一下志律和夏律吧"或者"那借给你哥200万吧"。裕贞觉得她的钱可以给妈妈花,但并不是给哥哥花的。不过,裕贞有时间也有钱，拒绝的话，妈妈会非常伤心。

"就那样，跟大家一样。"

"忙？"

"上班的人哪有不忙的。"

"嗯，女婿呢？"

"女婿？哦，他还是那样。"

裕贞含糊地回答道。事实上，她也想抱怨，想宣泄对自己丈夫的不满："我快被他烦死了。"据说，别人家的女儿都把小两口的事情告诉妈妈，但裕贞对"娘家"这个词并没有什么特别的感觉。

现在，轮到裕贞问家里的情况了。妈妈回答说家里都挺好，打个电话只是关心一下。裕贞想立刻挂掉电话，所以说："嗯，嗯，好吧。"正要挂掉电话的那一瞬间，妈妈突然说："啊，对了！"这是裕贞最讨厌的一句话。"啊，对了！"妈妈总是这样，一直绕弯子，最后才说出打电话的目的。

"裕贞啊，你们家是与徐英站相连的那栋楼吧？"

又怎么了？到底想说什么！

"你爸去你们家附近上班了，路对面的友星公寓，今天开始上班的。"

"爸爸在友星公寓上什么班？"

"在那儿当警卫。"

裕贞无话可说了。父亲在40岁左右换过一次工作,然后一直工作到退休。父亲是以某个食品工厂的厂长身份退休的,虽然那个工厂并不出名,但那个工厂的产品却无人不知。靠着父亲的工资,四口人虽然过得不是很宽裕,却也从未缺钱。父亲退休时,虽然没领到很多企业年金,不过还有一些存款,而且每个月还能领到退休金。当时,妈妈说这些钱足够两个人用,不用向子女伸手。但是,现在怎么突然……

"人多了呀!生活费增加了不止两倍,而是四倍!上辅导班、去医院,花在孩子身上的钱怎么这么多呀?"

"我哥呢?"

"他……好像在想要干什么。"

"行了!想什么想?让他想想他的孩子吧!"

裕贞吼了起来,挂掉了电话。

裕贞从公寓地下2层的停车场可以直接乘地铁站的电梯出去。诺博公寓的居民有专用通道,可以不出楼门直接坐上地铁。裕贞经常到了公司才知道下雨了、刮风了或者是雾霾严重。

即使走在没有一个窗子的地下通道里,裕贞在上下班的路上也总是因为友星公寓而烦心。现在，只要上几个台阶，走过人行横道，就能到达父亲工作的地方。她有种罪责感，虽然这并不是她的错。但父母将自己抚养成人了，现在，自己是不是应该赡养年迈的父母？裕贞心情异常沉重。

一天，裕贞晚上加班，晚饭也没吃。在下班的路上，她没走徐英站的地下通道，而是从地上出口走了出来。那附近有个卖章鱼小丸子的小吃铺，裕贞想打包带回家，一边喝啤酒一边吃。走出检票口，走到通向站前广场的阶梯时，她已经汗流浃背了。太阳即将下山，但空气却一点都不凉爽，看来夏天马上就要到了。

裕贞本来想买7个章鱼小丸子，最终买了12个。虽然世勋说他已经吃了晚饭，但裕贞喝啤酒的话，他肯定会过来一起喝。裕贞接过散发着香甜味道的章鱼小丸子包装袋，从口袋里拿出手机，准备给世勋发信息。解开锁屏，点开Kakao talk，婆家群的信息弹了出来，公公婆婆发的旅行照以及他家子女一惊一乍的文字映入裕贞的眼帘。裕贞突然想到可能在路对面的父亲。

父亲没接电话。"是不是今天休息？"但她依然朝友星公寓走去。走在人行道上，她又打了一次电话，仍然没人接。裕贞决定最后再打一次试试，这次，父亲接了电话。

"什么事？"

"爸，您在哪？今天上班吗？我刚下班，在附近。"

"哦，哦，现在是上班时间，挂了。"

怎么这么忙？裕贞大吃一惊。小区的警卫除了垃圾分类回收以及上下班时比较忙，再就是保管快递，好像没有其他工作呀！反正已经到了友星公寓，裕贞心里想着跟父亲一起吃章鱼小丸子，手里晃着黑色包装袋，慢悠悠地走到警卫室。本打算问一下父亲工作的楼栋，但可能警卫都在巡逻，警卫室一个人都没有。

裕贞走到小区的后门，又慢慢走回正门，走到网球场时，看见一个站在旧衣回收箱旁边的警卫的背影，不知道流了多少汗，蓝色的警卫T恤已经湿透了，紧紧贴在身上。裕贞向他走去，大概因为听到了动静，警卫向后看了一眼——是裕贞的父亲。裕贞的父亲额头与鼻梁上正哗哗地流着汗。不知为何，裕贞和父亲互相都没说话，静静地站了一会。父亲首先张口说：

"我都说了，我忙。"

"您这是在干什么？"

"有人把垃圾丢到旧衣回收箱里，也没装到垃圾袋里丢，就直接撒在里面了。我得把这些垃圾清理出来，在回收车来之前得处理完。"

"为什么要让您清理？"

"那让谁干呀？你这孩子。"

父亲没什么大不了似的嘿嘿笑着，然后看了一下周围，推着裕贞的肩膀说："警卫室里面有个房间，你去那里等一会吧。"父亲催促裕贞离开那里，而且催促了好几次。

裕贞来到警卫室。警卫室里充斥着一股味道，一股除了老人味别无解释的味道。裕贞对这个味道并没有反感，反而感觉很凄凉。在裕贞出嫁前的家里，自己的房间、父亲的房间、卫生间，哪里都没有这种味道。所以，她觉得这股味道不是父亲的，而是这个空间本身的味道。

刚进警卫室，裕贞就看到一个老旧木桌上的监视器画面，从分屏画面里，能看到楼道玄关、电梯、停车场进出口等，而且每个画面都以不同的方式在显示时间的流逝。"啊，真让人头晕！"裕贞不由得自言自语道。其实，在裕贞生活的诺博1楼的咨询台旁，监控画面更多，硕大的咨询台最右边，有一个保安专门负责查看监视器的画面。原来父亲也在做这个工作！在其中一个画面中，有个男人对着电梯的镜子在打理自己的头发。裕贞在观察这个男人时，听到父亲在呼唤自己。父亲不断用手指着警卫室的后面，让她进去。

没有门的小屋里，有个仅能容一个成年人躺下的炕，炕上的地板纸颜色与其他地方不同，且还连着插座，好像是装了地暖。父亲睡在这里啊！裕贞小心翼翼地爬到炕上，盘腿坐下，环视了一眼这个房间——小冰箱、微波炉、饭煲，搁板上还放着几个纸箱子。

警卫室经常响起闹钟似的铃声。居民呼叫警卫室的话，就会响起这么大的铃声吗？大家怎么这么频繁地呼叫警卫室呢？裕贞觉得不可能跟父亲一起悠闲地吃章鱼小丸子了，也不能一直这么等着。坐在那里，她觉得心房在一点点塌陷，无法继续待下去。所以，裕贞把已经凉透的章鱼小丸子放在角落里，走出了警卫室。

父亲用手背擦着额头上的汗，正朝警卫室走来。父亲解释说，没有停车的地方，就用手推开一些车，给居民腾出了停车的空间，所以费了点时间。父亲还气喘吁吁地说，那是楼栋代表的车，那个代表非常刁钻，怕他找碴，就折腾了好几次直到他满意。

"我走了。"

"嗯，我现在没空，你休息的时候回家看看吧。"

"我在小屋里放了一包章鱼小丸子，您吃了吧。已经凉了，用微波炉加热一下再吃吧。"

"那是什么？"

"面包？馅饼？反正是吃的东西。加热才好吃。"

"那正好。今天晚饭吃得有点早,正担心晚上饿呢。"

简短地道别后,裕贞便从父亲身边走开,没走几步,她又回头喊道:

"以后接电话!"

"我在上班,怎么能知道来没来电话呢,你这孩子。"

父亲又嘿嘿笑着朝裕贞摆了摆手,让她回家。裕贞觉得,父亲一直催她走,并不是因为天黑了,想让她早点回家。虽然可能是裕贞的错觉,但她确实觉得父亲好像在看谁的脸色。父亲看见自己一点都不开心,反而好像要隐瞒什么似的一直催着她离开。

裕贞打开拿在手里的手机,看了一眼时间。裕贞基本上每天都把手机拿在手里,或者放在口袋里或餐桌上等容易看见的地方。不仅是裕贞,现在大部分人都手不离手机。父亲不是这个时代的人?打进来电话,怎么能不知道呢?不过,她仔细一想,好像真没见过娘家小区的警卫与诺博的保安手里拿着手机。警卫不能在上班时间拿出手机吗?

站在友星公寓前的人行道上,感觉对面的诺博像山一样压过来。50层高的4栋楼被设计成风车的模样,看起来非常雄伟,而且在4栋楼相连接的第30层,有一个空中花园,夜幕降临后,这里的灯光美得恍若天宫。据世勋说,诺博那块地原来好像是制糖厂,那时,友星公寓的居民对工厂很不满意，嫌工厂拉低徐英洞的品格。现在，在友星的任何地方，都得仰视诺博。

红绿灯变成绿色了，裕贞依然呆呆地站在人行道上。好陌生！那里好像不是自己的位置，裕贞的心立刻蔫了。她还没把父亲在友星当警卫的事情告诉世勋。虽然并不是非得说，也不是不能说，但就是说不出口。

那天晚上，裕贞才知道，诺博门口的保安与咨询台的职员一直站着工作。她每天，有时候一天好几次经过那里，却没发现那里根本没有椅子。裕贞觉得抬不起头来。

裕贞与世勋在喝着酒看网飞的电视剧。那是周五的晚上，他们追的电视剧放出新的一季，两个人都很兴奋，世勋还做了在西餐厅工作时学会的蒜香虾仁，两个人已经喝得醉意朦胧，电视剧的情节也到高潮的时候，父亲打来了电话。裕贞没感到高兴，反而觉得很不安——父亲一般不打电话，是不是发生了什么事？

"太晚了吧？你们还没睡吧？很抱歉打扰你俩。"父亲也像妈妈一样兜了很大圈子才说出目的。

"我能去你们家洗个澡吗？"

"现在？"

"不太好吧？是有点不好，女婿也在家。"

警告侠　43

"不，没什么，您过来吧，现在就过来吧。"

裕贞挂掉电话，世勋就呆呆地问：

"岳父他老人家要过来？现在？"

"嗯。"

"跟岳母打架了？"

世勋天真的问题让裕贞想哭又想笑。裕贞告诉他，父亲在对面的友星公寓当警卫，突然说想来洗澡，自己也不知道发生了什么事。世勋很泰然，从自己的衣柜里拿出干净的运动服和新的内裤，说岳父大概会需要换衣服。

裕贞把门打开一条缝，等着父亲来。楼道中间的电梯里传来"叮"的机器声，缓慢的脚步声也越来越近。哪里传来一股恶心的味道，裕贞皱了皱眉头，重新打起精神，晃了晃头，放松了表情。她推测出这股恶臭的来源了。父亲一脸尴尬地迈进玄关时，世勋立刻干呕了起来。不过，裕贞可以理解世勋。

地下停车场积水了。父亲不断清扫、擦干，尽力处理，但水却不断渗出，还散发出恶臭。父亲告诉警卫班长，很可能是哪里的管道漏水了，应该请技术人员过来。班长却让先擦干净，班长的意思是，警卫先处理，尽了全力，依然处理不了的话，再叫人维修，还说不要先想用钱解决问题，因为这个钱是居民交的物业费。父亲说:"交的物业费不就是这个时候用的吗？我也在自己小区交物业费，知道居民的立场。"警卫班长一脸疲惫地回答说：

"我知道。事实上，一百个人中九十九个人都有常识，不管有没有常识，实际上大家也都不怎么管，但剩下的那一个人才是问题，总是有一个人挑刺，非常非常挑刺。"

父亲说他以填无底洞的心情，连续好几天反复做着同样的工作。一个星期后的下午，终于可以用肉眼看见管道漏水了，管理所长才给维修公司打了电话。

父亲担心有人滑倒，依然继续擦拭地面。那天父亲正在努力地擦地面，汗水把卷起来的袖子都打湿了，突然隐隐约约地传来核桃滚动的声音。这是什么声音？父亲把耳朵贴到地面上、墙上、管道上，试图找出声音的出处。"咔咔咔"，随着一声核桃被砸碎的声响，父亲瞬间被自上而下浇透了。父亲说他都想不起来什么时候，水从哪个方向喷出的，也不知道自己怎么这么束手无策，等回过头来才发现衣服全被浇透了。他急急忙忙用抹布堵住管道接口处裂开的地方，然后才发现自己浑身散发出恶臭——裂开的不是上水管而是下水管。

管理事务所开启广播，发出停水通知并要求居民停止使用下水道，然后开始了抢修。维修公司只来了一个人，问他是否能自己处理，他却说需要父亲的帮助。抢修期间，父亲一直在做辅助工作——搬运工具、反复地打开阀门再关上、把水擦干、卸下管道再安装上、接了污水倒掉，然后再擦干。

管道更换工作结束了，维修人员走了，但父亲的工作却没结束。收拾施工现场的垃圾，然后丢到垃圾桶，再把能回收的东西擦干放到回收箱里，又擦了几遍地面。晚饭没吃，休息时间也没休息。不过，最让他感觉痛苦的是恶臭与瘙痒，像虫子在爬似的瘙痒从手碰触不到的背部正中间开始，很快扩散到全身。

友星公寓没有警卫洗澡的地方。小区前面虽然有个桑拿，但父亲害怕看居民的脸色，而且自己身上的味道很大，实在无法去公共澡堂。父亲决定先忍着，反正工作完成了，今天晚上坚持一下，明天早点回家洗。他用湿巾大致擦了擦身体，脱下湿透的T恤，换上备用衣服，屁股湿漉漉地坐在警卫室的椅子上。瘙痒！腋窝、背、胸口、肚子、手指、腰上、屁股、大腿沟都痒得无法忍受。这时，他想到女儿在路对面的诺博住。

从那以后，裕贞经常受到妈妈让自己照顾爸爸的拜托。妈妈把身心健康的成年人父亲拜托给女儿，总让人觉得有点奇怪。但裕贞除了"受到拜托"外,也别无解释。"今天你爸忘带盒饭了,你给他买点晚饭送过去吧。""倒班时间表调整了,你爸今天连续值班,我让他凌晨去你家洗漱。""你爸裤子被雨淋湿了,你拿去烘干再给他送过去吧。""你爸说电暖板坏了,你家有多余的电热毯吗?"……

没有很难或很花钱的事情,就算拒绝,父母也不会寒心。但是,妈妈的这种拜托逐渐频繁,裕贞就慢慢地开始抵触了。"首尔有的是小区,爸爸为什么非要来我家附近,给我添乱呢?为什么总是让我感到愧疚呢?"裕贞这样想的同时内疚感又油然而生,下班的路上,她买了一袋橘子,向父亲的警卫室走去。

警卫室硕大的门已被锈迹斑斑的锁锁上,门上挂着告示板,告示板上写着"巡查中",下面还写着父亲的手机号。"手机号也得向居民公开?有人可能会在大晚上打电话提这样或那样的要求,还可能会有人打电话或发短信说难听的话……"裕贞深深地叹了口气,这时有人拍了一下她的肩膀。

"您有什么事?"

是个中年男人,穿着和父亲一样的警卫服。裕贞不自觉地向后退了一步,说没什么事。

"您是业主?"

"不是,我来给在这里上班的人送东西。"

"啊!你是宋先生的女儿吧?哎呦,真是个孝顺的孩子,听说你经常来?"

明明是在夸她,但裕贞却听得后背发凉。

"也没经常来,我住这附近,偶尔顺路过来看看。"

这时,父亲跑了过来,中年男人向父亲点了点头,鼓励似的拍了两下裕贞的肩膀,离开了警卫室。中年男人走远后,父亲才说那个人是警卫班长。

"班长有什么不一样的?"

"不太一样,也没什么不一样。"

然后,父亲就催着裕贞离开:"你快走吧,以后不要经常来。"裕贞没说话,把橘子塞到父亲手里。父亲好像看出裕贞有点失落,于是解释说,他正疲于写检讨书。

写检讨书开始于去裕贞家洗澡的那天。睡觉时间内擅自离开警卫室、没穿工作服而穿了便装,因为这两件事,父亲写了检讨书。

从那以后,写检讨书的事情越来越多。食物垃圾桶满了,要写检讨书;指挥停车的时候,拍了两下居民车的引擎盖,要写检讨书,尽管那个居民本来就是一个非常爱找碴的人;没及时清理流浪猫喂食处,写检讨书;去每家要楼栋代表选举签名时，业绩太差，写检讨书；刷洗楼道时，水溅出太多、没给自治委员会会长打招呼、在警卫室打盹、向其他警卫表达对居民的不满……都得写检讨书。

写检讨书时，父亲突然发现自己做了太多超出警卫工作范围的事情。分类回收和小区大扫除是警卫的工作吗？保管快递、负责退货是警卫的工作吗？帮居民跑腿、协助施工、送快递、给树木育枝、各种选举和签名，这都是警卫的工作吗？虽然有个工作，应该心存感激，但身体却很疲惫，然后就像多米诺骨牌倒下一样，心也开始疲惫了。工作这么多，工资却少得可怜。父亲隶属于劳务公司，担心不能再签约，还整天提心吊胆。

收起疲惫的心，打起精神，父亲开始打扫卫生、处理快递、巡查小区。正从车辆后备厢搬出两个巨大苹果箱子的中年男人大声喊道：

"哎！警卫！"

父亲看了一下周围，确认是不是在叫自己。

"对！对！就是你！来帮我抬一下箱子。"

父亲连不乐意的工夫都没有，就急忙跑过去帮着那个人抬起箱子。抬起箱子，那个人又摆了摆下巴，示意父亲移动。

"您住几号楼？"

警告侠　49

"你不认识我?"

"嗯?"

"你不认识居民?警卫居然不认识居民!连我是居民还是强盗都不知道,就来帮忙?你这个人不行啊!"

"啊!我知道,当然知道了。只是突然想不起来您住几栋了。"

父亲急忙辩解到。那个中年男人上下打量了一下父亲,说"105栋",而且还没忘威胁父亲:"你工作认真点!我会留心观察你的!"父亲的胳膊已经没有力气了,但仍咬牙坚持着。因为他曾被训斥过——管理事务所的人看见父亲疲惫的神色后,非但没给减少工作,反倒抱怨警卫年龄大没有力气。

把箱子搬到玄关里面,那个人才说了句"辛苦了"。父亲鞠了个躬转身离开时,那个人叫住了父亲。他在父亲面前揭开胶带,打开箱子,开始挑苹果。他把色泽圆润的拿出来,留下几个有伤疤且变了色的,又从中挑出两个苹果——一个小得可怜还皱皱巴巴,一个疤痕大到几乎看不到苹果皮,递给了父亲。

"不用,真不用!"

"别客气,拿去吃吧!辛苦了!"

"哎呀,真的不用了,我先走了。"

"你是因为样子不好看才不要的吧？正是我特意买的丑苹果，这样的更好吃，别挑了，吃吧，给你你就吃吧。"

父亲最终收下了那两个苹果，出来后扔到警卫室旁边的食物垃圾桶里。

在友星公寓当警卫时遭受的各种歧视以及由此而产生的痛苦、愤怒和疲惫，父亲一次都没跟家人提起过。裕贞每次去警卫室时，父亲都用不安的眼神催促她离开，但那天父亲第一次说了粗话：

"我就算不是他的父辈，年龄也和他叔叔辈差不多了，他一直用卑称跟我说话。也不知道他父母是怎么教他的，在外面连话都不敢说的龟孙子还看不起警卫。"

裕贞听着觉得很伤自尊，说："那您为什么干自己没干过的事情呀，还被那种兔崽子欺负。"父亲看见裕贞气愤的表情，又装得很豁达似的补充道：

"所以，我把那个苹果扔了，扔了，接过来就扔了。"

听到父亲的辩解，裕贞更郁闷了：

"扔了有什么用，都接过来了！"

裕贞以为父亲会责备她说话没大没小，但父亲一句话都没说，裕贞更生气了：

"您扔了还是吃了，那个人怎么知道呀？在那个人看来，爸爸和其他警卫都是乐滋滋地吃人家破苹果的人。扔了有什么用,现在骂那个人又有什么用?当时就不该接过来的!在人家的面前连话都不敢说,爸爸你也一样!"

裕贞本来很贴心地买来了父亲喜欢的年糕和甜米露,但,现在她很后悔来,于是把买来的东西放下就走出了警卫室:"还不如不来呢!早知道就不来了!"父亲也没叫住她,也没叮嘱她路上小心,只是静静地看着裕贞渐渐远去。父亲好像很生气,又好像很羞愧;好像若有所思,又好像一无所思;好像放弃了什么,又好像下定了决心要做什么。反正,裕贞第一次看见父亲这样的表情,这一点都不像父亲。

几天后,一个傍晚,世勋看着手机突然哈哈大笑起来。裕贞问:"你笑什么?"世勋便发给她一张照片。

"据说友星公寓有个警告侠。"

"警告侠?"

裕贞用食指尖点开Kakao talk对话框弹出的照片,调整到全屏模式。白纸上的黑字写得很遒劲,好像是用油性笔写的。内容、字迹、纸张和笔的颜色都没问题,但从看到照片的那一瞬间开始,裕贞的心便狂跳了起来。她用食指和中指把照片放大,一个字一个字地认真看,这时世勋又解释说：

"据说，友星有个警卫在小区的每个角落都贴上了警告。问他为什么贴警告，他说光用嘴说，大家都听不懂才贴的。然后又在警告的旁边贴上了'不要撕下警告'的警告。有人在'徐助人'上贴出来了，写得跟情景剧似的，可搞笑了。还有个动图，也特别搞笑，我发给你。"

裕贞笑不出来了，也没听到世勋说的话——那个笔迹非常熟悉。那是经常在家长通知书和成绩单的签字栏上看到的笔迹——父亲写得一手好字，老师们都连连惊叹。世勋把动图发给裕贞，还一直问："搞笑吧？搞笑吧？"裕贞依然没回答。

一夜之间，小柜子、书架、椅子之类的东西又被放进了分类回收箱。虽然分类回收箱旁边贴着"请先付费再废弃"的告示，但大家依旧乱丢。父亲跟管理所所长说要查看监视，但所长说，像抓犯人似的查找的话，居民心里会很不舒服，看见他们乱丢垃圾的时候再好好说说。所长并没把这件事当回事。

父亲埋伏了两天后，在晚上12点多，抓到一对老夫妻在乱丢两个行李箱和一个电热毯。

"先生，这个不能回收再利用，您不能丢在这里。您得申报废弃，再贴上登记单，才能废弃。"

"知道，知道，明天街道办事处开门就去办，现在不是晚上嘛。"

"您得先去拿登记单，贴上后才能丢出来。而且，现在从网上可以随时办理。"

"我们这些老人谁会从网上办理？我女儿发给我的照片，我都不会看。"

这时，老太太也插嘴说：

"这些都还能用，都是新的。我们放在这里是想让需要的人拿走，不是随便丢弃在这里的。您就别管了，去忙您自己的事吧。"

看到老太太拉着老头的胳膊，催着老头快走，父亲好像明白了什么，于是急忙打开行李箱，行李箱里掉出很多旧鞋。

"这是什么？谁会拿走这个？您得去买计量垃圾袋，把鞋子放到计量垃圾袋里再丢出来。行李箱和电热毯得贴上登记单再拿出来丢。"

事情发展到不可收拾的地步——很多居民过来围观，连其他已经入睡的警卫都被叫了过来。最终，这场骚乱以父亲的道歉收场了，那对老夫妻把他们的垃圾放置了一周才贴上废弃物登记单。

父亲在分类回收场的入口前贴上了"※警告※禁止乱丢废弃物",在垃圾桶上贴上了"※警告※务必使用计量垃圾袋,乱丢垃圾将查处到底",在警卫室门贴了"※警告※休息时间禁止呼叫警卫",在流浪猫喂食处贴上了"※警告※禁止破坏喂食处(不要欺负猫)",在警卫室仓库上贴了"※警告※这里不保管快递,丢失概不负责",在停车场贴上了"※警告※禁止在车道上停车"。

警告上被画上了舌头、眼睛、骸骨之类的图画,有的写上了"就不,就不,我就不!"之类的玩笑话,还有些"傻X!管好你自己吧!我交物业费是让你贴这?"之类过激的话。然后,写着警告的那些纸就开始丢失,不知道是管理事务所,还是警卫班长,或者居民揭掉的。父亲又重新贴上了"※警告※请勿擅自揭下警告"。

父亲被管理事务所叫去,真的被警告了。所长用拳头砸着桌子说,与管理事务所、同事以及居民不和是一个解雇理由,还说那是工作章程的规定,但父亲却不记得这条。

"去把警告都揭下来,再写个检讨书。再闹出乱子或再贴这样的东西的话,你就会被解雇!"

"不行!"

"什么?"

"我不想揭下来,也不想被解雇。我做错了什么?"

"你这人怎么了?你疯了?刚来的时候还好端端的,现在怎么变得这么奇怪?"

"因为这里奇怪!很奇怪!这里能把人逼疯!"

那天,父亲被解雇了。父亲背着一个硕大的背包,右手拎着一个购物袋,左手拿着宠物移动箱来到裕贞家。即便不太了解猫,裕贞也能看出那是只名贵的猫,但猫身上的毛却乱糟糟的。

这只猫从2周前开始出现,当时有一家人搬家时丢了个猫爬架,父亲怀疑这只猫就是那家丢的。这只猫一直探头想找个吃东西的地方,但好像遭到其他猫的驱赶。有一次不知道是不是和其他猫打架了,被咬得很严重,父亲把它带到动物医院治疗。

"这明显是家养的猫,在外面会饿死的,我本来想把它带回家,但你妈不是讨厌猫嘛。救它的那个学生说正在找收养它的地方,你能不能先照顾它几天?"

裕贞小时候曾养过小狗,是约克夏㹴的混种犬,狗毛有点发黄,所以给它起了个名字叫"土豆"。那时,一家人中,父亲最喜欢那只狗,遛狗、洗澡、剪指甲都是父亲负责的。原来父亲和那个时候一样喜欢动物啊!裕贞毫不犹豫地说自己要养这只猫,自己想和这猫一起生活,虽然没养过猫,但会好好养的。"真的吗?"父亲问。于是,裕贞向父亲保证，以后定期给父亲和救助猫的学生发照片和视频。那时，父亲的脸上才流露出安心的神色。

"不过，爸，我有个要求。"

"嗯，你说吧，我都听你的。"

"我认识一个劳资法务师，他说给免费咨询，看看在您从签约到上班再到被解雇的过程中，管理事务所有没有不合法的地方。您去见见他，看看有没有回旋的余地或者能不能得到赔偿，如果有的话，我们一定要争取。"

父亲挠着后颈，回答说他知道了。

裕贞并没有认识的劳资法务师，她在网上查询了很长时间，也去咨询了好几次，还支付了不少费用。

妈妈更频繁地给裕贞打电话了。裕贞听着妈妈的抱怨，再也压制不住内心的排斥感："行了，别说了！"脱口而出。"别打电话了，别给我打电话了，跟我哥说不出口的话，也别跟我说！别再折磨我了！"这些话一直在裕贞脑子里盘旋，但裕贞也没想到自己真会说出口。妈妈委屈地哭泣着说她明白了，说她再也不打电话了，说女儿太可怕，她连话都不敢说了。妈妈把自己想说的话全说完后，猛地挂掉了电话。

窗外，夕阳的余晖染红了漫天的白云，云朵之间闪现出碧蓝的天空，清风拂过，火焰般的云彩飞逝而去，天空又被染成青紫色。只有在晴天才能看见的南山塔曾经那么遥不可及，现在，大厦、老楼房的绿色屋顶、像铺了遮蔽胶带一样平整的道路以及路上行驶的车辆、不断亮起红灯的路灯、窗户、汽车的前灯……都在裕贞脚下。看着32层楼落地窗外的风景，裕贞积郁的心一下子豁然开朗了，但随后便泪如泉涌。

站在徐英洞最贵小区的最佳楼层上，看着如画的晚霞，裕贞禁不住地伤感。她用手背擦拭着眼泪，用手指擤下鼻涕擦在裤子上。世勋听到"呜呜呜"的声音，以为哪里漏风，便走出书房，到处寻找漏风的地方，他先去查看了厨房，又来到客厅。在客厅的落地窗前，世勋看到裕贞哭红的眼睛，吃惊地问：

"你怎么……哭了？"

无法回答。就算说了，你能理解吗？大学还没毕业就成为首尔超高层商住两用公寓业主的你、从小叔的西餐厅跳槽到大伯公司的你、在家庭群里看到父母海外旅行照片能随意发个表情的你、以为所有的事情都是理所当然的你，如何能理解？

"因为晚霞太美丽了。"

裕贞这么一说，世勋宠爱地捏了捏她的脸庞。

"骗人！"

世勋没再追问，裕贞止不住地流泪也说不出话，世勋问：

"给你做个蒜香虾仁吧？"

"不要，田螺龙须面吧。"

"好，一会看个电影吧，你找个好看的电影吧。"

刚坐到电视剧前，土豆就嗖地跳到裕贞膝盖上，裕贞给那只猫取了和小时候养的那只小狗一样的名字——土豆。世勋伸出手想摸土豆，土豆立刻收起耳朵，把身体蜷缩成一团，然后嗖地逃跑了。土豆好像很害怕世勋，它不吃世勋给的饭，也不用世勋给清理的猫砂盆。虽然听说土豆害怕年轻的男人，但无从知道它到底经历了什么，这让裕贞很郁闷。今天，尽管喝了酒，却依然无法入眠。

那天凌晨，友星公寓每栋楼的告示栏和电梯里都贴上了两张纸，是打印出来的新闻报道，内容是对近两年居民欺侮警卫的法院判决书的分析[1]。有的居民辱骂警卫，用一米长的窗帘杆殴打警卫，用美工刀威胁警卫，还有人把

---

[1] （原注）"垃圾"恶言恶语·窗帘杆暴行……警卫的现实其实更悲惨。（《首尔日报》，2020.5.13）

警卫推倒又用脚踩警卫。但是，大法院判决的13起案件中，只有3人是立即执行，其余10人都是缓期执行或仅被罚款。

不知是什么原因，几天过去了，这些新闻报道依然贴在告示栏和电梯里，但没有人仔细看告示栏。不过，住在高层或与快递员共同搭乘电梯的居民为了打发无聊又尴尬的时间，也会看这个新闻报道，然后不约而同地咂咂嘴。

居然有人辱骂、殴打警卫？还用刀威胁？疯了，疯了！掐了脖子，才罚款1万元？掐脖子不应是杀人未遂吗？我们的法律太软弱了，那种人就应该进监狱，为什么要缓期执行？住在公寓就了不起了？楼上楼下的噪音问题不应该自己解决吗？为什么要朝警卫发火？哪个公寓的垃圾让警卫收拾？我都觉得不好意思了，真是的……大家异口同声地声讨欺侮警卫的公寓和居民，而且是真的愤怒了。

管理事务所很晚才知道告示栏被擅自张贴了新闻报道，然后向警卫下达了指示，让警卫去清除张贴物。

Sally 妈妈银珠

家长聚会？银珠觉得很奇怪。孩子在幼儿园吃得好玩得好不就行了？办家长聚会到底是要商量什么？还是建议什么？这可不是银珠送孩子去英语幼儿园的目的，她给勇根发信息问：

"要不，我不去了？"

"怎么了？去见见其他妈妈，还能获得一点情报，不挺好吗？你不是有很多事情想知道嘛。"

"我不喜欢这样的场合。"

"你别多想，不就是见个面嘛。"

春儿在两岁那年的秋天，开始去附近教会运营的托儿所上学。托儿所与教会在同一栋楼上，这个托儿所虽然由宗教团体运营，但也只是圣诞节过得很盛大，复活节分给鸡蛋，吃饭前唱餐前祈祷歌而已。他们也只是在育儿系统里排号，抽到了这里，其实银珠与勇根并没有宗教信仰。

托儿所让人很满意，银珠最满意的是老师们亲切又从容。春儿不睡午觉时、不会用筷子时、后颈出疹子时，班主任老师都安慰银珠说，这是孩子成长中经常遇到的问题，会很快过去。果然，如老师所说，春儿很快就睡得着午觉了，用筷子也越来越熟练了，到换季的时候，疹子也好了。而且这个托儿所有政府补贴，很便宜，算上各种活动的费用，每个月的幼儿园费用也才10万。

托儿所可以上到六岁半，银珠打算根据春儿的成长情况，六岁再换幼儿园或干脆一直待在这里，直到上小学。银珠原以为上幼儿园可以慢慢考虑，但从春儿三岁那年夏天开始，班里其他孩子的妈妈就开始打听幼儿园了——"四岁不直接进小班的话，五六岁时，幼儿园追加选拔的学生数量有限，那时候就不好进了。"银珠开始动摇。

一个周中的上午，勇根上班去了，春儿也去了托儿所。银珠从平价超市买了几种蔬菜和有机苹果汁，心血来潮地来到托儿所。她原打算只在窗外看看教室的氛围，不过，春儿班里的孩子都在托儿所的院子里玩。银珠藏在墙外，观察了一会春儿。

除了银珠，一般人都不会发现——春儿经常在其他孩子身后徘徊，其他孩子离开后，她才挖土、闻花香或触摸果实；其他孩子走过来时，她会呆呆地被挤走；其他孩子嬉闹时，她总是紧闭着嘴；花铲被抢走时，她也不会哭喊；春儿比其他孩子矮一头，走路还有点蹒跚，不够利落。

银珠回到家才流出眼泪。我到底是干什么的！我就为这才离职的吗？

"以后，周二和周四别把车开走。"
"没得商量？"
"嗯，没得商量。春儿要去学芭蕾。"
"那应该很漂亮。"

穿上芭蕾服的春儿当然会很漂亮，但银珠绝不是为了让女儿看起来漂亮，才放弃了近在眼前的文化中心，而送她去车程15分钟、费用翻倍的专业芭蕾工作室。银珠想通过塑形与肌肉训练，使春儿尽快长个子，提高春儿的自信心，她觉得最大的问题是，春儿11月份出生，体格比其他孩子小。

幼儿园的选择也是个问题。春儿班上有15个孩子，但只有2个老师，银珠觉得孩子太多。而且，到了5岁，一个班有15个孩子，老师却只有1人。孩子们的成长速度千差万别，老师不可能细心地照顾到每一个孩子，那发育迟缓的孩子自然就被忽视，时间长了就会失去自信。一想到被忽视的孩子可能是春儿，银珠就觉得无法呼吸。

一直紧咬着嘴唇听银珠说的勇根说话了：

"换个幼儿园吧。这是春儿第一次接触社会，第一个人生经验就学会退让可不行。"

"因为是跟1、2月生的孩子比，春儿才看起来发育迟缓，但按月份算的话，春儿一点都不慢。按时学会了走路，按时学会了说话，纸尿裤虽然停用得有点晚，但却一次都没失误过。春儿是稳重又准确的类型。芭蕾老师也这么说，只要给她纠正一次姿势，就不会再犯错，春儿才3岁呀，上小学的孩子们都做不到，连老师都吃惊了。"

"我可是一直到初中都在学田径。"

"跟那有什么关系呀。反正，我们得换个更细心照管孩子的幼儿园。一般的幼儿园也不比现在的托儿所好多少，我在打听学前游戏班或英语幼儿园。"

"嗯，别担心钱，不够的话，我晚上去当代驾。"

幼儿园的选项缩小到车程30分钟的"硕果自然学校"和步行5分钟距离的英语幼儿园"儿童俱乐部"。这两个地方差不多，师生比都比一般幼儿园少一半，费用也都比一般幼儿园贵两倍多。硕果自然学校不仅有一个大游乐场，还有个天台庭院，户外活动多，而且最大的优点是每周都有一天去附近的植物园观察花草树木，孩子可以尽情地奔跑玩耍。儿童俱乐部最大的优点是离家很近，而且每个教室与讲堂以及料理室都安装了监控，家长可以随时用手机查看孩子的情况，至于英语嘛，学会了总没有坏处。

经过长时间的纠结与讨论，银珠与勇根最终选择了儿童俱乐部。去硕果自然学校的话，幼小的春儿每天都得在辅导班校车上独自度过一个多小时，这是银珠最担心的问题。儿童俱乐部的韩国老师都有幼师资格证，而且都在儿童俱乐部工作了很长时间，这让银珠很放心。至于英语嘛，早点学总没有坏处。

春儿很快就适应了儿童俱乐部。每天早上老师们兴高采烈的迎接起到很大作用。银珠经常查看监控，春儿的确比在托儿所更积极地活动了，和新朋友们也相处得不错。春儿说小菜好吃的话，老师就会再给一些。看来，饭也吃得不错。基本上，所有的方面都让银珠很满意，除了一个碍眼的孩子。

这个孩子经常猛不丁地出现在监控镜头中。孩子们虽然经常捣乱或东张西望，但基本上都在自己座位附近玩。而那个孩子却经常独自在教室后面玩玩具。他有时候紧挨着一个小朋友坐下，呆呆地看着那个小朋友；有时候自己呆呆地站着；有时候老师在午饭时间煞费苦心地追着他喂饭。那孩子是怎么回事？银珠心里泛起一丝微妙的不安与不快。

她小心翼翼地询问了春儿，春儿却说不知道。不是说没有这样的孩子，也不是说有但无所谓，而是说不知道有没有。孩子们原来是这样啊！原来孩子们可以完全不知道身边发生的事情啊！银珠觉得这是万幸，但又觉得这是个问题。因为如果发生了事故，孩子不能客观地理解并进行应对。

幼儿园举办特别活动的那天，银珠特意提前去送春儿，并趁机向老师打听了那个孩子的情况。老师好像明白了银珠的意思，随后便若无其事般地愉快地笑着说那个孩子是11月生的。

"您也知道，这么大的孩子每个月都在长身体。啊！Sally聪明又长得快，您可能不知道。反正呀，这个孩子是11月生，又发育得有点慢。您看他是有点小吧？不过，他从来没做过妨碍或欺负其他孩子的事情。这孩子的妈妈很明事理，我也一直在用心照管，您不用担心。"

银珠也好像真没从监控上看到这个孩子妨碍其他孩子，所以回答说她知道了。但回到家仔细一想，又确实有几个问题。老师说她一直在用心照管这个孩子，那是不是就相对疏忽其他孩子？而且，孩子妈妈明事理与孩子很散漫有什么关系呢？其他孩子的家长都不知道吗？没人向幼儿园抗议吗？从那以后，每次银珠查看监控的时候，不再观察春儿，反而主要观察那个孩子了。

会议场所是给春儿举办周岁宴的韩餐厅。当然，周岁宴是在一个仅能容下15人的小宴会厅举办的，也只有双方的直系亲属参加。即便如此，布置抓周桌、借韩服、预约抓拍……那天，银珠也忙得不可开交。

刚走到餐厅门口，服务员就问是不是儿童俱乐部的。银珠一点头，服务员就告诉她，在走廊的尽头向左转能看见几个会议室，走进其中的A室即可。她沿着餐车不断往返的狭窄走廊边走边观望，心里感叹着：原来这里还有会议室！她记得周岁宴是在17号房间举办的，春儿的生日是11月17日，房间也是17号，所以当时非常开心。

不过，刚才餐厅门口的事情让银珠感到很吃惊——"怎么一看见我，就问我是不是儿童俱乐部的？我看起来像幼儿园孩子的妈妈吗？果然不应该来这种聚会。"银珠觉得自己与其他人不是一类人，却被归为一类，所以有点不知所措，同时还感到很凄凉。她茫然地走到走廊的尽头，站在尽头的墙前。这时，有人拍了一下她的肩膀。

"您是Sally妈妈吧？"

"啊，是的。"

"我是Jake的妈妈，接孩子放学的时候，跟您打过几次照面。"

"啊！您好！最近挺好吧？"

"您也是来参加聚会的吧？我们一起进去吧。"

银珠和Jake妈妈并肩坐在门口的餐桌旁。不知道是不是因为妈妈们本来就认识，有的桌子非常嘈杂，不过，也有的桌子不说话只喝水，安静的桌子旁坐的都是新生的妈妈。

服务员把粥和沙拉放到每个人面前后，关上门出去了。这时，坐在中间的一个妈妈从座位上站了起来。

"大家好！我是Helen的妈妈，今年开始是Kei的妈妈。"

以Kei妈妈的桌子为中心，响起了欢呼与鼓掌声以及口哨声。银珠看着别人的脸色，也拍起了手，但不知道意义何在。欢迎？声援？祝贺？大家到底为什么要鼓掌？

这种事情很难。妈妈们的世界里通用的常识、行动、交流方法等，其他第一次当妈妈的人都做得很好，但银珠却一直无法融入。升学、就业、离职……她之前经历了很多人事关系，如此不适应还是第一次。所以，银珠思绪纷乱：可能跟我气场不合吧？几年没上班，社会性变差了吧？也可能妈妈们的文化有点独特吧？……

鼓掌和欢呼声沉静下来后，Kei妈妈继续说：

"大部分人的联系方式，我都有，所以这次是我负责联系的。至于以后怎么聚会，我们今天慢慢商量吧。首先呢，我们一边吃饭一边互相认识一下吧。"

Kei妈妈刚坐下，就有人大声喊道："你接着说吧！"然后就响起"我同意！""对！""谢谢！"之类的应和声与笑声。

现在的Kei妈妈、原来的Helen妈妈是上届儿童俱乐部的家长代表。家长聚会并不是一开始就有的，代表也不是正式的称谓。家长聚会始于3年前Helen妈妈招呼着大家一起吃饭。Helen妈妈一年组织两三次聚会，负责收会费、定场所，还负责教师节给老师准备礼物、毕业典礼给毕业生准备礼物。会费不太够时，Helen妈妈就默默地自己补贴不足的部分，而且从不露声色，也没给过任何人负担。所以，大家都开玩笑般地称Helen妈妈为家长代表，Helen妈妈也欣然接受了这个称呼。Helen去年2月从儿童俱乐部毕业了，不过，Helen的弟弟、4岁的Kei 3月入学。所以，正如其他妈妈所说，Helen妈妈可以继续做家长代表，不是以Helen妈妈的身份，而是以Kei妈妈的身份。

这是跟银珠坐同一桌的、5岁班的Jina妈妈说的，而且她还悄悄地说，Kei妈妈以前是名律师，Kei爸爸是个有名律师事务所的律师，Kei妈妈以前也在那个律师事务所工作，现在离职了，因为孩子。据说Kei妈妈非常有责任感，每件事都竭尽全力，在育儿与教育上更不疏忽。而且，离职育儿是随时可以重新工作的专业人员的选择，当然，这是Jina妈妈自己的想法。

"Kei妈妈也是律师？"

银珠这么一问，Jina妈妈很无语地笑了：

"我不是说了嘛，他们在一个律师事务所工作。"

"就算在律师事务所工作，也不一定非得是律师呀。因为有很多不同岗位，会计、营业员之类。"

"我和Kei妈妈关系不错的，偶尔一起喝咖啡，她说她和Kei爸爸是同事，同、事！"

Jina妈妈直勾勾地看着银珠，银珠闭上了嘴。她依然觉得在律师事务所工作的人并不一定是律师，但又觉得自己也很可笑——为什么一定要坚持认为Kei妈妈不是律师呢？是律师又怎么样呢？律师有什么了不起？

银珠呆呆地看着Kei妈妈，她感受到气氛的中心在Kei妈妈那里。明明别人在说话，大家的视线却大多集中在Kei妈妈身上。Kei妈妈穿着蓝色衬衣，银珠也有件类似的衬衣。不过，Kei妈妈衬衣的衣领是稍微开口的，而且衣领末端是圆形的，看起来很可爱，而银珠的衬衣只是普通的衣领。那件衣服虽然不是名牌，但也是个很贵的牌子，她只在有重要事情的时候才穿，现在不知道放在哪里了。

那时，Kei妈妈正好朝银珠这边看，银珠几乎本能地低下了头。"哎呀！"她后悔了。光避开视线就行了，而且自然地用眼神交流一下是最好的。大概是因为离职后基本上不见人，好像都忘记现代人生活的礼节了。

"Sally喜欢幼儿园吧？听说今年的新生有很多调皮的孩子。"

饭后甜点是冰冻红柿，Jake妈妈捏着红柿问。"她是不是想说那个有问题的孩子？"银珠思考着如何回答才能让Kei妈妈觉得是在交换信息，而不是说其孩子的坏话，最终决定反问：

"Sally是11月生，现在还太小，什么都不懂。Jake怎么说的？"

"男孩什么都不说，不管是高中生还是幼儿园生，男孩都一样。"

"哦，是呀。"

事实上，银珠并不是那么认为的，但最终还是敷衍了一下。"你虽然很好奇，但也不想首先开口吧？"银珠也一样，所以很理解她，但又觉得她很肤浅——"这个态度的话，你还不如不问呢！"

吃了甜点，喝了青梅茶，妈妈们开始准备离开了。虽然吃的都是清淡的食物，但银珠觉得很渴，又倒了一大杯水喝掉。好奇的事情很多，想知道的事情也很多，事实上，她还有想说的话，但这次聚会却没任何收获，所以她也一点都不开心。银珠失落地走出会议室，大概因为喝了很多水，她突然想去卫生间。和身边的妈妈们道别后，银珠朝走廊对面的卫生间走去。

Kei妈妈正在洗手台边洗手，她好像认出了Sally妈妈，首先点了点头，银珠也笑了一下。Kei妈妈把刚好垂到肩膀的头发拂到耳后，但又没全部放到耳后，一绺头发自然地垂了下来。银珠看出来那绺垂下来的头发不是巧合，而是精心打理出来的。

银珠上了厕所走出来时，Kei妈妈已经离开了，她觉得有点怅然若失又有点凄凉。她在Kei妈妈刚才洗手的位置上想着用手指打理头发的Kei妈妈。让人容易产生好感的外貌、端庄的态度、优雅又平和的气质，不过，她真是律师吗？

春儿被咬了，胳膊上出现了八个鲜明的牙印——四个上牙印，四个下牙印。银珠都还没来得及生气，老师就先给她看了春儿的伤口，又向她说明了当时的情况以及采取的措施，然后又带着哭腔保证以后不会出现这样事情，最后老师还郑重道歉了——非常非常对不起！我真没脸见您了。面对真诚道歉的老师，银珠也实在无法发火。

不是打，而是咬！4岁的孩子居然咬人！银珠实在无法想象。她想到一个孩子，监控中在幼儿园散漫地到处游荡的那个孩子。

"是谁咬的？"

"我们已经明确告诉那个孩子的妈妈了。他妈妈保证以后绝对不会再发生这样的事情了。他妈妈说，如果再发生一次这样的事情，就转学或任凭您处置。所以，您能不能不问是谁，交给我们处理？"

银珠很后悔没一直看监控，从那以后，她很长时间都手不离手机，一整天都看着监控中的春儿。有一天，银珠有点感冒，吃了感冒药睡了一会。但就在那一会，春儿又被咬了，这次咬的是背部。那天，春儿只穿件了单层运动服，背部被咬掉了一层皮。银珠接到电话，飞奔到医院时，春儿正坐在小儿科候诊室里哭。医生说，伤口不大，也没怎么出血，而且已经消毒并贴上了再生创可贴，会很快愈合的。但是，医生还说春儿好像受到了很大的惊吓，嘱咐银珠留心观察春儿睡觉时是否痉挛。

不知道是因为吃了退烧药，还是因为太生气，银珠觉得浑身发冷。尽管医生与护士都在，她依然旁若无人地质问老师：

"是那个孩子吧？上次的那个孩子，自己在教室里瞎晃荡的那个孩子，对吧？我在监控里都看到了！"

老师避开银珠的视线，不知道如何是好，银珠继续问道：

"这之前没发生过类似的问题？不是没发生过吧？幼儿园一直在包庇那个孩子吧？为什么？"

"对不起。"

"这好像不是该老师您道歉的事情。"

"对不起，真的非常对不起。"

春儿缠着要回家，银珠就没再继续追究。一下午，春儿都吃得很好，玩得很好，也很开心，但到了睡觉的时候，就开始哭闹。银珠紧紧地抱着她，唱着睡眠曲，轻轻地拍打着，春儿哭着哭着就睡着了

幼儿园曾承诺，再发生一次这样的事情的话，就任凭银珠处置。要求幼儿园向所有学生家长公开说明这件事？要求换个班级？要求这个孩子从幼儿园退学？对一个才4岁的孩子，这样做是不是太残忍了？看着熟睡的春儿，银珠在思考这些问题时，老师发过来短信，说那个孩子的妈妈想道歉。

睡了一晚，春儿的情绪平静了一些。银珠一边慢慢走向约好的地方，一边预想着几种可能发生的情况以及相应的

对应措施。对方如果是个正常人，真心道歉的话，她决定只要求对方以后注意点；但如果对方耍赖的话，她也会强硬对应的。

银珠即将到达咖啡店时，透过咖啡店的落地窗，看到一个熟悉的背影。刚到肩膀的亮褐色头发！不会吧？银珠心头一紧。她刚走到窗前，那个女人刚好抬起头。两人隔着落地窗，四目相对。一阵风突然吹过，银珠的长发在风中凌乱地飘散。这时乌云随风消散，一缕阳光恰巧射到正抬头看银珠的那个女人的脸上，女人本能地皱了皱眉头，闭上了眼睛。是Kei妈妈！居然是Kei妈妈！银珠的心急速下沉。

银珠刚坐下，Kei妈妈就低下头说：

"对不起！我是来道歉的。我不是来求原谅的，也不是求您放过我们一次，我是真的非常抱歉。"

Kei妈妈说着就开始哽咽。

"Sally没事吧？真对不起。我觉得Sally可能会害怕，今天没送Kei去幼儿园。"

"哦，那倒不至于……"

"您想怎么处置，请尽管说。"Kei妈妈说。这样一来，银珠反倒不好意思了，她磕磕巴巴地说没关系，希望不要再发生这样的事情，最后居然还说，明天把Kei送到幼儿园吧。她这么一说，Kei妈妈把放在旁边椅子上的购物袋放到了桌子上。

"不知道您怎么想，也不知道该不该给您，我纠结了很久，还是拿过来了。"

对于这个里面不知道装了什么的购物袋，银珠不能接受，也不能推回去，她来回看Kei妈妈和购物袋时，Kei妈妈说这是T恤，为了不让银珠有负担，还说这个礼物并不贵，另外补充说她自己想买件T恤，去熟悉的网店上逛时，看见了这套妈妈和女儿的母女装。

"我去送Kei时，见过几次Sally。看见这件衣服时，就想起了Sally，真的没有别的意思。"

看起来像只去百货店逛名品店的人，居然在网上买衣服！银珠突然对Kei妈妈产生了亲近感。"不知道该不该接受，谢谢您想着Sally。"两个人约好下次一起吃饭，在融洽的氛围中结束了谈话。

走出咖啡店，Kei妈妈问银珠去哪里，银珠回答住东亚1期，Kei妈妈很高兴地说她也住东亚1期。但高兴是短暂的，并不熟悉的两个人并肩走在大路边狭窄又吵闹的人行道上，既尴尬又不方便，银珠甚至想逃离。离开大路走到小路上，周围变安静时，Kei妈妈问银珠：

"我们以前没在哪里见过吗？"

"嗯？"

"我总觉得您非常眼熟，您是不是一直在这里住？"

"不是呀，我结婚时才搬过来的。"

"哦，这样啊。"

接下来是尴尬的沉默，然后银珠说：

"我是85年的。"

"我是86年的，不过，生日较早，所以，和85年的一起上的学。"

"那我们算是同岁呢。"

"是呀。"

"那说不定真在哪里见过呢。"

"是呀。"

走到102栋，银珠说：

"我到了。"

Kei妈妈抬起头，看了一眼102栋，说了声再见，看来Kei家还得再向前走。小区入口的房子都是小户型，越往里走，户型越大。银珠这样想着，又觉得这样想的自己很寒心。

"Sally妈妈！"

Kei妈妈叫住正在按单元入口密码的银珠，然后走近一步，咬着嘴唇踟蹰着，银珠问：

"您有什么事？"

"您是不是……"

"嗯？"

"您是从未津女高毕业的吗？"

瞬间，银珠觉得太阳穴上好像有冰块在啪啪地炸裂，就像站在被咬破皮的春儿面前时一样，冰冷的感觉席卷了全身。

"您是从未津女高毕业的吗？"

银珠反问道。Kei妈妈意味深长地笑着，自言自语地说了一句"真是你呀"，然后弯腰行礼，匆匆离去。银珠看着Kei妈妈飘逸的褐色头发，出神地站了一会。

把书柜翻了个底朝天，也没找到毕业照。一直到春儿回家，银珠都在找毕业相册，晚上把春儿哄睡后，她又翻找了家里的每一个角落。最终在保管春儿幼儿园活动照片与各种保险证书的箱子里找到了。

银珠点开群里Kei妈妈的简介，名字是"Helen&Kei妈妈-李瑞英"。银珠又打开相册后面的通讯录，但没找到"李瑞英"，她从一班的照片开始找，又重新翻找了一遍，依然没找到"李瑞英"，也没看到Kei妈妈的脸。合上相册，闭上眼，脑海里想着Kei妈妈的脸庞，然后，银珠又从第一页开始，一张一张地查看照片。在6班，她看到了自己的照片，眼睛、鼻子和嘴以及气质都发生了很大变化。这时，她有点想放弃，自己都很难认出自己来，还能认出别人吗？而且是20年前的照片。

这样一想，银珠反而平静了，看着以前的同班同学，她沉浸到回忆里：她随身带着眉刀，给班里的女生修眉；她吃午饭时都做题；她为了当演员，每天都去试镜……同年出生、生活在一个地区、穿着同样的校服、在一个教室里一起度过每一天的女孩们，现在都在哪里？在做什么呢？银珠觉得她们可能大部分都像自己一样过着并不美好但也不悲伤的生活，然后又突然很好奇，她们现在幸福吗？

最后是7班的照片，一张面孔突然映入眼帘。那是个她并不熟悉的同学，3年级第一天就做了双眼皮来学校，手术的痕迹又深又鲜明，当时在全校都出了名。老师上课不叫她的名字而叫她"双眼皮"，还经常抓着她的头发打——"高三了，你不学习，竟然去做双眼皮！"毕业照上，她手术的痕迹依旧很明显。红肿的眼眶和胖乎乎的脸庞，还有夸张的表情。名字是李——兹——英。对！她叫李兹英。

看着李兹英的照片，银珠突然觉得有点伤心还有点委屈。怎么回事？我这个心情！我怎么了？这个眼睛、鼻子、嘴唇、下颌线又是怎么回事？怎么这么熟悉？是谁呢？李兹英，李兹英，李兹英……李、瑞英？银珠突然感觉浑身无力，Kei妈妈！Kei妈妈就是当年的"双眼皮"啊！认出来后，那张脸看起来更加清晰。

　　银珠用颤抖的胳膊抱着相册从厨房走出来，把相册放到餐桌上，从冰箱里拿出一听啤酒后迅速打开。正在看电视的勇根回头看着银珠问："你喝啤酒吗？"银珠倚靠餐桌站着，咕嘟咕嘟地大口喝着啤酒，然后回答说"嗯。"勇根用轻快的脚步跑到餐桌旁，晃着肩膀哼着歌，也从冰箱里拿出一听啤酒，又从餐边厨上拿出一袋坚果。银珠拉出勇根对面的椅子坐下，打开毕业相册，用手指着李兹英的照片问：

　　"她看起来怎么样？"

　　勇根拉过来相册，看着照片问：

　　"这是割了双眼皮吧？"

　　"嗯，所以，她的外号就是双眼皮。"

　　"挺……怎么说呢，长得很强势。"

　　勇根用食指按着自己的眉间，皱起眉头。银珠想起关于李兹英的几个传闻。李兹英与其他学校的女生吵架，李兹英的男朋友跑来打了那几个女生。李兹英因为还是学生，就没受处罚，但她男朋友却受到了刑事处罚，因为她男朋友已经30多岁了。有人说他是社会上的小混混,也有人说他是练歌房的老板,反正当时传闻纷纷。啊,对了!据说开练歌房的是李兹英的妈妈,还有人说李兹英在练歌房工作呢。李兹英确实曾把眉毛画得很细。有人还看见她从气管里咳痰、吐到地上的丑态。当时,银珠也觉得李兹英是个可怕的孩子。

"现在孩子都上幼儿园了。"

"哇!这世界可真小!"

"说她是律师,可能吗?就她!"

"她是律师?"

"那不过是传闻而已。"

"不过,割双眼皮与是不是律师也没什么关系吧?"

"那是因为你不知道她高中时的样子。"

"你俩很熟?"

"也不是……"

银珠一口气把剩下的啤酒喝完了。就像学生家长聚会的那天一样,银珠一直觉得渴。好吧!就算无法知道她是不是律师吧。但其余的事情都是事实呀!李兹英与大型律师事务所的律师结了婚,住在比银珠家宽敞的房子里,还把两个孩子都送到昂贵的英语幼儿园,成为优雅、诚实又明事理的妈妈。自己居然对曾经的那个双眼皮、现在的Kei

妈妈产生过好感，这让银珠觉得很耻辱。

春儿无意间会说出"oops""thank you""good job""excellent"之类的话了。但银珠用英语和她对话或打招呼时，她却又只歪着头，不回答。知道春儿上英语幼儿园后，爷爷奶奶也经常让春儿说英语，但春儿每次都紧紧地闭上嘴。英语水平好像也没提高多少，但银珠并不只是考虑到英语才送春儿去英语幼儿园的，所以她觉得无所谓。

春儿与同班的Emma关系比较好，两个孩子就一起去学芭蕾，银珠和Jake妈妈处得比较好，两人经常上午一起喝咖啡。熟悉了之后，Jake妈妈才向银珠吐露了对Kei的不满。

"要不是Kei妈妈的干涉，幼儿园会对Kei放任不管？别提了。我都觉得很郁闷，Sally妈妈你肯定气死了！"

"你不觉得Kei应该去医院看看吗？她就放任孩子这样吗？去医院了吗？身为一个妈妈，我都替她担心。"

"你也太善良了，现在是担心Kei的时候吗？"

"Sally现在伤口都愈合了，没关系了。不过，那个，Kei妈妈……"

银珠想问问，想知道，想确认，想打探，但最终还是没说出口。

"Kei妈妈怎么了?"

"嗯,那,她应该不会不知道Kei的情况吧?"

"也有可能是不想相信呀,或者是不想承认。父母都这么优秀,Kei的姐姐好像也很聪明伶俐。"

银珠没再说话。只有她自己知道Kei妈妈的秘密,这让她觉得又刺激又郁闷。只不过她有件事不理解——Kei妈妈主动说自己是未津女高毕业的。如果银珠是她同学的话,她不担心银珠想起来以前的事情吗?她不觉得丢人吗?

过了不到一个月,Kei又咬了春儿。这次咬的是后颈下的斜方肌,穿上芭蕾服后,牙印才露出来。看到春儿的后背,芭蕾老师吓得尖叫了起来。

银珠一说要求Kei从幼儿园退学,幼儿园园长就显得坐立不安、不知所措。园长自己明确说过,再发生一次这样的事情的话,就任凭银珠处置。现在已经3次了。银珠觉得,这个情况下,她可以提要求了。

"Kei在接受游戏治疗。"

银珠根本就没问,园长却这么回答道。Kei接受游戏治疗又能怎么样?那他咬春儿的事情就能当没有发生过?银珠虽然非常生气,但考虑到春儿还得继续上幼儿园,与园长伤了和气也没有任何好处。所以，银珠说："Sally现在状态还不太稳定，晚上还会痉挛，有时还会哭醒。我也觉得Kei很可怜，但受害儿童不应该是第一位吗？"银珠尽量在不贬低Kei的同时说出了自己的意见。但园长还只是在犹豫不决，于是，银珠问道：

"是不是有什么我不知道的事情？"

银珠以为园长会说Kei妈妈，以为园长会说，两位家长都信任我们才把孩子送过来的，都非常积极地关注我们、帮助我们，这期间培养了良好的信赖关系，感情也不错，实在无法让他退学之类的话。但，园长的理由却出乎银珠的意料：

"这个区的妈妈们经常说闲话。"

"什么？"

园长说她去园长聚会时，经常听到一些话，说唯独徐英洞的妈妈们经常聚会，经常在背后说闲话，而且还经常提各种要求。教育热比这里还高的区不这样，全职妈妈多的洞也不这样，不知道徐英洞为什么这样。园长这样解释着，然后说："Sally妈妈您不跟那种妈妈在一起，所以可能不知道这些事情。"园长在银珠和那种妈妈之间划了界线，这让银珠既生气又高兴。

"大家都会很被动，我们、Kei、Sally，就算没什么错，也会被人在背后指指点点。我的意思是，在这件事情的处理上，我们不要让别人在背后说闲话。"

银珠动摇了。"听说是女孩的妈妈要求男孩退学的？""不管怎样，怎么能这样对一个孩子呢？""孩子们本来不就是打打闹闹地长大的吗？""女孩们动不动就哭闹、告状，很让人头疼。"那一瞬间，银珠好像听到了这些话。自己能承受得了吗？那些闲话和推测以及谣言与指责。但她也不能眼睁睁地看着春儿总受伤，而且肇事者还是Kei，李兹英的儿子。

"请转告Kei妈妈，Sally很痛苦。"

既然已经来到了幼儿园，银珠就在窗外偷偷地看了一下春儿的教室。春儿正嘿嘿地笑着与同桌用彩纸在做什么，这让刚才说春儿很痛苦的银珠很没面子。她没看见Kei，于是，她伸长了脖子，环视了一圈——玩具前面没有，窗前也没有。Kei今天没来吗？这时，她看见坐在教室前面的老师以及坐在她膝盖上的Kei，他们在叠彩纸。"到底为什么这么格外照顾Kei？这种照顾不应该给我们春儿吗？"

银珠叹了口气，走出幼儿园，这时急性子的Jake妈妈打来电话：

"说了什么？园长怎么说的？怎么决定的？"

"我说了Sally最近的状态，孩子最近很痛苦。说别人家的孩子有什么用呢？我又没有权力让他退学。"

"嗯，对。幼儿园的累活、花钱的事，一直都是Kei妈妈一人做的。Kei退学的话，谁做这些呀？妈妈们没有人希望Kei退学。"

银珠已经无力生气了，她说要开车，就把电话挂掉了。傍晚，Kei妈妈打来好几次电话，银珠都没接。然后，Kei妈妈又发来信息说，对不起，我打电话是想道歉，您愿意的话，我们就转学。银珠依然没有回复。一想到真的可以让Kei退学，园长和Jake妈妈说的话就又在耳边响起，银珠思绪纷乱，晚上很久没睡着。

第二天早上，银珠把春儿送到幼儿园，出来的时候，看见了站在门口的Kei妈妈。看着给自己打电话和发信息都被无视、无奈地站在门口等自己的Kei妈妈，银珠突然感到了悲哀。她想起了学生家长聚会那天站在Kei妈妈站过的位置上照镜子的自己。那时的自己是不是和现在的Kei妈妈一样呢？

Kei妈妈邀请银珠喝杯咖啡，银珠回答说她很忙，然后Kei妈妈又说去便利店遮阳伞下坐着说一会话，银珠也拒绝了。Kei妈妈的嘴角开始颤抖，然后低声自言自语道：

"我好像犯了死罪。"

银珠干笑了一声。

"嗯，这才是李兹英嘛。"

这不是一句经过深思熟虑而说出的话。银珠虽然很不高兴，但也没想这样说话。她虽然非常后悔，但也不想道歉，只是叉起胳膊，避开了Kei妈妈的视线。Kei妈妈紧咬着下嘴唇，喉咙上下动了一下，深深地咽了一口唾沫，然后问银珠：

"李兹英怎么了？怎么才是李兹英？你和李兹英很熟吗？我在高中时，跟你都没说过一句话。"

李兹英情绪激动地说着，突然又低下头：

"不不，对不起，我是来道歉的。"

银珠自己都无法理解自己对Kei妈妈的感情，而且还有点疲惫。她想收起自己对Kei妈妈或者说李兹英的复杂的感情。

"我知道了，别说了。"

"嗯，对不起。我们别说那些了。不过那些传闻都不是事实。高中是，现在也是，真让人厌倦，疲惫不堪。"

在疲惫不堪上，银珠也是一样。不管是作为Sally妈妈，还是春儿妈妈，为避免被视为那样的女人而进行的努力、围绕着那种女人出现的话语、误会、敌意都让她疲惫不堪。所以，应该怎么办呢？那样的女人到底是什么样的女人？不那样的女人又是怎样的女人？

银珠犹豫着应该叫她兹英还是瑞英,最终叫了一声"Kei妈妈"。

"别再追着我卑微地道歉了,我不会要求Kei退学的。"

没等Kei妈妈回答,银珠就转身离开了。她去平价超市买了茄子、西葫芦和苹果汁,走到东亚1期102栋时,脑海里忽然闪出一个问题:"李兹英住在哪一栋呢?"

纪录片导演安宝美

"又是摄像机先进屋呀。"

"我家闺女回来了？女婿呢？"

宝美从取景器中看着父母回答道：

"他还在路上，从公司里出来有一段时间了，不过他说他还在地铁上。"

"我们女婿够辛苦的，现在难得有他这么踏实的孩子了，我闺女选了一个好男人呀。"

父亲夸着女婿，一脸慈祥。上学时，同学们都说很怕爸爸、跟爸爸无法交流，但宝美没有。宝美的父亲对他们姐弟俩一直很慈爱，还很幽默。就算他们犯了错，父亲也会袒护他们，即便他们说了很离谱的话，父亲也会先把他们的话听完。

宝美高三突然要考美术类大学时、复读又要放弃美术时、大学要选哲学专业时、一直从电视台招聘中落选时、以合同制身份到只有两名员工的策划公司工作时、才二十出头就要跟无业的男人结婚时,父亲都一如既往地相信她、支持她,后来她心血来潮突然要扛起摄像机时也是如此。妈妈出于担心,连她具体的工作内容都没问就表示了反对,摄像机不行、摄影不行、报道等不行;父亲也不了解她的工作,但表示了支持。

"宝美会做不好的事情吗?没用的事情,她会做吗?你都不听一听,就无条件反对?"

宝美打算做一个关于住房的,实际上是关于父亲的纪录片。

新闻从业考试结束很久之后,学习小组的成员又聚在了一起——在电视台当PD(制作导演)的姐姐搬了新家,大家去参加她的乔迁宴。当初在一起学习的6个人中,只有这个姐姐还在做与新闻广播有关的事情。有人虽然迈进了业界的门槛,但因工作太繁重而选择了离开;还有人在公开招聘中落选几次后就直接转行了。

宝美在制作各种宣传视频的小企划公司里已经工作了很久。她的主要工作是跟随电视剧的摄影现场录制花絮、拍摄一些简单的采访或特别活动视频。有时还会负责编辑影像资料与摄影原件并上传到电视台的主页、门户网站的电视剧页面、YouTube等。拍摄现场非常有活力,而且宝美也很喜欢可以自由发挥自己才能的工作氛围。但是，拍摄出来的东西没有一件可以称为"作品"，这让她感到很怅惘，同时又对"作品"产生了渴望。

宝美离开企划公司，重新准备公开招聘已经是1年前的事情了。虽然她年龄已经不小了，也没有让人眼前一亮的工作经历，但大部分电视台是匿名招聘，所以，实际上，有没有工作经历是没有关系的。不过，宝美比以前更急切，也更努力，但依然没什么成果。她越来越没自信，在默默地承担了所有的家务事与经济活动的丈夫面前也越来越羞愧。现在，宝美正在绝望的深渊中挣扎。

宝美觉得嗓子冒火，一口气喝了一瓶啤酒，然后感叹似的问：

"姐，公开招聘，到底怎么才能合格呢？"

所有的人都用惊讶的眼光看着她，PD姐姐反问道：

"你重新准备公开招聘了？"

宝美点了点头。

"我想让父母在电视上看见我的名字，姐，可这对我来说怎么这么难呢？"

PD姐姐想了一下说，自己所属的纪录片组正在广泛地征集外部的作品，配音、音乐、效果等可以做得不很完美，虽然电视台偶尔也会播放制作好的视频，但大部分情况是，拿来可以编辑的视频后，电视台会帮助进行后期制作再播放，主题新颖、采访效果好才是最重要的。

"摄影或照明的要求不高，只要不影响播出就行，因为我们可以进行后期制作。不是有那样的东西嘛——PD们无法拍到的，自己的故事，用当事人的视线进行现场记录的，有生活气息的，现场啊、真面目啊、真实的想法啊、真心话啊之类的，我们一直渴望这样的东西。"

当时，宝美眼前立刻出现了一个场景：在小区入口贴"徐英洞需要的不是廉租房而是图书馆"标语的父亲的背影。

宝美的父亲第一次来到首尔就定居在徐英洞。

"当时，这里都是板房，那里是制糖厂，旁边是我工作过的煤炭工厂，再往前就是条河，丹顶鹤经常在河边飞来飞去。"

"骗人！首尔市中心怎么可能有丹顶鹤呢！"

"真的！钓鱼的人也偶尔来这里，我还抓到过一条胳膊长的鲫鱼呢。"

"您还不如说这里住着一条美人鱼呢，那可能更有意思。"

父亲喝点酒就经常描述徐英洞以前的风景。事实上，宝美已经听了数百遍，甚至都能画出自己出生之前的徐英洞地图，今天是为了录像才特意问的。父亲也不腻烦，他眼睛忽闪忽闪地重复着自己一成不变的拿手戏。

宝美和父亲一起从父母现在居住的徐英洞现代公寓出发，去探访曾经生活过或拥有过的房子。父亲的说明大部分是从"这里以前是"开始，然后不断感叹着"生活变好了，变好了"。而且，父亲还补充说，当时即使让人很不满意、物资不够，还有危险，但也充满了希望与浪漫。镜头的对面，父亲的表情泰然又温和。

因为拍摄工作，宝美才有机会和父亲单独吃午饭，父女俩去了白银大厦里一家新开的手工汉堡店，父亲对这个汉堡赞不绝口：肉质鲜嫩、面包很香、黄油的味道不错，并不断竖起大拇指。宝美居然一直以为父亲不喜欢吃汉堡。这时她突然想到，第一个给自己买汉堡的人就是父亲。对了！以前经常跟父亲在徐英站前面的乐天里对坐着吃汉堡，宝美突然觉得鼻子酸酸的。

从白银大厦出来，父女俩临时决定去探访一个房地产中介公司，看起来已经一把年纪的社长热情欢迎了他们。社长说他自己也是本地居民，而且并不反感镜头，还说他们来对了地方。他把宝美领到一面贴满徐英洞地图的墙前，对徐英洞的发展进行了一番说明，社长的说法和父亲的话基本一致：

"友星和现代的位置以前就是居民区，上面都是无证的板房，沿着这条路再向前走是个市场，这里现在还是徐英小学吧？我可是徐英小学的第一届毕业生啊。那时，河道前都是水田，后来水田都变成了工厂。"

这时，父亲突然插话说：

"这里以前是煤炭工厂，我年轻的时候就在这里上班。"

"哦？我弟弟也在那里上班，您是哪一年去那里的？"

"我在那里工作了很久，从1979年开始，差不多工作了20年。"

"是吗？那您应该认识我弟弟，金永洙，58年生，属狗，金永洙。"

"啊，是吗。当时有好几个人都叫金永洙。"

"对！永洙这个名字很常见，金永洙是个很常见的名字。"

老板说他弟弟在那里工作了不到3年，工作非常辛苦，管理人员也很粗暴，还问父亲是怎么坚持了20年的，并把父亲吹捧了一番，说父亲很了不起。

因为父亲有个目标——置备属于自己的房子。父亲说宿舍就像监狱一样，工厂把五六名已经成人的小伙子塞进一个板房小屋里，几十个人共同使用一个公用自来水龙头和公共卫生间，下水道没有一天不堵的，卫生间总是脏得让人恶心，父亲想尽快离开那里。

年轻不懂事的同事们沉迷于酒色与赌博时，父亲一直诚实地工作，不断地攒钱。从宿舍到单间全税[1]房，后来买了个老旧的住宅，然后又买了个新建的公寓，父亲一步步提高了自己的居住水平。虽然父亲的收入是当时城市劳工的平均水平，不过父亲通过投资房地产，成功地使自己的资产增值了。现在父亲在徐英洞拥有一套150平方米和一套110平方米的房子，在数码城附近还拥有一栋可同时入住7户的单间公寓楼。

结束了疲惫又漫长的首尔一日游后，在回家的车上，父亲说：

"不是有句话叫白手起家嘛，白是空的意思，手就是我们的手，起是建起的起，家就是家业，就是不靠别人，用自己的手建起家业的意思。这就是我的人生写照呀。我20岁赤手空拳来到首尔，现在的家和公寓楼，还有这辆车，都是用我的努力工作换来的。"

宝美不否认父亲是个节俭、诚实又机智的长辈，不过，她觉得更大的原因是，父亲是生活在韩国高速发展期、运

---

[1] "全税"是韩国特有的租房方式。一般情况下，租房人在入住前交给房东近于房价一半金额的保证金，此外无需每月再交房租，合同到期后，房东需将保证金全部归还给租房人。此方法可有效地缓解房东购房的资金压力并省去银行贷款的利息，也可使有一定资产却又不足以购房的人在不交月租的前提下租到房子。

气好的一代。

那个时代与现在不同,制度不够严密,购置、转让、持有基本都不用交税。父亲以近乎投机的次数和方式不断地买卖房产。交房不久后,从小区出发步行10分钟的地方建了地铁站;因不太好卖而差点沦为鬼城的小区对面建起了百货店;唯一的缺点是太吵的小区前面建好了地下通道;购买时没指望赚大钱的联排房附近建起了一个大型数码城。父亲的运气很好,而且,当时房地产业也处于鼎盛时期。后来父亲把联排房改建成单间公寓楼,租了出去,数码城有很多年轻人,所以,这栋楼的房间从来就没空置过,现在已经成为家里稳定的收入来源。对父亲而言,家是什么?房子又是什么?

宝美的第一个人生记忆是在阳台上吹肥皂泡,那是上幼儿园之前的事情,所以当时宝美应该是三四岁。那是个夏天,妈妈穿着牛仔裙,穿着牛仔裙的妈妈和现在的宝美一样年轻。

宝美和妈妈把阳台的窗子和纱窗稍微拉开一条缝,朝窗外吹肥皂泡。窗子拉开得非常小,小到仅能飞出去一个肥皂泡,但妈妈仍用胳膊紧紧地抱着坐在窗台上的宝美。当时,把吸管的一端放在嘴里,从另一端吹出肥皂泡是很常见的方式，但妈妈仍很不放心，一直紧张地提醒宝美：

"要像吹风车一样向外吹，绝对不能吸到嘴里！喝了肥皂水会死的！听见没？"

她还记得好几个场景：飞向窗外的肥皂泡向上飘了一会就开始慢慢地向下沉，肥皂泡在阳光里变幻着色彩，一会变成紫色，一会又变成粉红色，有个肥皂泡没飞出去，碰在栏杆上破裂了，肥皂水溅到宝美的手上，宝美觉得非常凉爽。

现在，宝美正在拍摄和父母一起看家庭相册的场面。一张照片中，妈妈穿着牛仔裙，这张照片不知道是在哪里拍的，妈妈站在一棵大树下，一只手抱着刚出生的弟弟，另一只手握着宝美的手腕，大概是因为阳光太耀眼，三个人都皱着眉头。宝美问妈妈记不记得在阳台上吹肥皂泡的事。

"阳台？还有这样的事？为什么在阳台吹肥皂泡啊？"

"当时我应该是四岁左右，您就穿着这件牛仔裙。"

妈妈把手伸向照片，又用手指轻轻摸着照片中的牛仔裙，泄气似的笑了，然后又认真地想了想说：

"四岁的话，应该是你打石膏板的时候，当时我们在友星公寓住。"

"我还打过石膏板？"

"友星游乐园的滑梯有点高,你这个小家伙整天倒着往上爬,然后再从台阶上往下跳,结果有一天崴了脚,打上了石膏。打着石膏还调皮,居然用没受伤的腿跳着跑,还闹着要骑自行车。"

妈妈一边说着一边摇着头。弟弟安静又慎重,但宝美却是急脾气而且胆子还大,做什么事都冒冒失失,所以经常受伤。打、砸、弄坏东西对宝美来说是家常便饭。照片里,小宝美的膝盖和胳膊肘上结满了血痂,脸上贴着创可贴、受伤缠着绷带、眼皮上有瘀血的照片也不少。

在那个时候,拍照片不是为了记录日常的生活,而是为了纪念特别的日子。夸张的衣着、夸张得让人尴尬的笑容、僵硬的V字手势……不过,在平常的日子里,没发生任何事情的瞬间,宝美的父亲也经常按下快门。所以,相册完整地记录下宝美的日常和成长过程,妈妈则不停地在回忆:

这里是住公公寓的游乐园,你从秋千上掉下来,摔断了胳膊。这里好像是现代公寓,知道为什么电梯镜子里只有3个人吗?你说要比电梯先下去,每天都走楼梯。啊!这里是友星公寓的喷水池,你呀,天不怕地不怕的,经常自己爬进去。你还记得这个阳台的小菜园吗?好像是我们住在大林公寓3楼的时候,在低层住的好处是,你忘记带拖鞋或运动服时,可以直接从阳台上扔给你。这是你在篮球场上练习骑自行车,这是我们与邻居熟悉后,一起在走廊里铺上凉席切西瓜吃,这是爬到我们家栏杆上的1楼家阳台上的牵牛花,这是你们俩在小区集市上坐迷你海盗船,你在上面玩得很开心,你弟弟吓得一直哭……妈妈翻着相册,自言自语地说:

"我们家的相册就记录了徐英洞的变迁史啊!"

宝美家经常搬家。宝美的父母没赚租金,而是靠市场差价不断让资产增值。没有多余的钱,还要交税,所以,他们很难同时购买居住用的房产和投资用的房产。因此就不断地购买、摇号、搬家。不过,他们一直都在徐英洞内搬家,所以,宝美只转过一次学。这都得益于父亲的三大投资原则——不急、不贪、只在熟悉的地方投资。

一家三口沉浸于回忆时,宝美的丈夫拎着一个硕大的黑色塑料袋进来了,一股腥味随之扑面而来。丈夫没进客厅,而是径直走进厨房了,妈妈猛然站起来,跟着女婿走进厨房。"什么呀?"宝美回过头,用嘴型问,丈夫也用嘴型回答:"生鱼片!"

"妈!"

宝美大叫了一声。丈夫挤了挤眼睛,摇了摇头,意思是不让宝美说什么。家里的气氛陡然一变,冷飕飕的空气

纪录片导演安宝美 103

开始弥漫。妈妈看着宝美的脸色说：

"我们家女婿买来了生鱼片啊！都快过来吃吧！吃了生鱼片，我们再煮个鱼骨汤。我准备好了青菜，也和好了面，一会再做面片放到鱼骨汤里。"

所有人默不作声地拆包装纸、摆好勺子和筷子、拿出调料和青菜。宝美强忍着火气，低声说：

"现在就没有外卖送不到的地方。只要有手机，这个生鱼片还有咖啡、冰激凌都给送到家。为什么一定要让一个上班累得要死的人去跑腿？"

妈妈没接话，丈夫急忙插话说：

"是我说要买回来的，反正是顺路。"

"那是顺路？下了地铁，走20分钟去市场，买了生鱼片，再往回走20分钟刷卡坐地铁！这叫顺路？"

肯定是妈妈打了电话——"晚上吃生鱼片吧，你下班时顺路去买个大号拼盘吧！"妈妈如果让宝美转达的话，宝美肯定会一口拒绝。宝美有时候嘴上回答"嗯，好"，但并不会告诉她丈夫，有时候还发火说不要什么事情都指使她丈夫。以后，父母就直接给女婿打电话了。

因为住得近，父母经常使唤宝美的丈夫。宝美的丈夫在上班的路上、下班的路上、周末睡着觉时，甚至上班时偶尔还特意请假出来给岳父母家帮忙。从钉钉子、刷油漆或买东西之类的小事到搬家具、修理房子、腌泡菜之类繁重的体力活，父母从不指使他们的儿子或女儿，却一直使唤女婿。宝美对不会拒绝的丈夫以及把女婿当仆人用的父母都不满意。

宝美知道丈夫为什么对她父母这么唯命是从。因为两人结婚时，得到了宝美父母的很多帮助。当时丈夫才二十八岁，宝美在拍电视剧的花絮，而且因为公司倒闭，丈夫在找工作。在当时的情况下，两个人结婚是非常不现实的。两人不仅一无所有，还看不到任何希望，但正因为如此，他们更想在一起努力，想成为对方的动力与依靠。宝美告诉父母她要结婚时，妈妈把宝美拉到房间里悄悄地问："你怀孕了？"

宝美说不想把婚礼办得很大，只想让两家在一起吃个饭。但，父亲坚决反对。最终，父亲负担了她结婚的所有费用。而且父亲还说，不能看着他心爱的女儿在单间公寓开始新婚生活，于是把徐英洞东亚1期110平方米的房子给女儿夫妻住了。

父亲曾以投资为目的在郊区买了一套房子，当时正好限售政策取消，就把那个房子卖了，因而有了闲钱。而且当时父亲也正打算在徐英洞再买一套房子，听说在建地铁口，还听说物流仓库也会搬走，父亲觉得徐英洞的房价会大涨。父亲像以前一样，投资的首选是离得近又熟悉的徐英洞。父亲以自己的名义买了这个房子后，给宝美夫妻住了，而且父亲说国税厅对资金来源查得很严格，以才20出头、收入又低的宝美的名义买的话，可能会有很多麻烦。

"你们先在这里住着，再试着申请认购吧，首套房或新婚夫妻专供房也试着申请一下。现在是房价上限制，认购到就是赚到了。"

宝美没有任何想法。爸爸说就给住5年，5年后会看情况把房子卖掉或租出去。但父亲会把女儿赶出去？

"嗯，爸你再跟我说说那个认购还是购买什么的。"

"我不是给你开了个认购账户嘛。你也应该学学，不懂房地产的话，就挣不到钱，这个世界就这样。"

父亲的世界是怎样的世界呢？父亲的世界与宝美的世界很远，反而好像离宝美丈夫的世界更近。宝美想到在各自轨道上不停运转的、永远不会相遇的行星，是什么东西用巨大的力量吸引着那些行星使它们不偏离自己的轨道呢？据说，地球以每秒30公里的速度围着太阳旋转，地球以无法想象的速度在宇宙中飞驰，而生活在地球上的宝美既没掉下去也没摔倒，反而在慢悠悠地生活着，连地球的速度都感受不到。

回到家，宝美把拍摄的内容拷到手提电脑上，并拿出日历确认日期。父亲说他明天要进行单人示威。父亲创建了一个"等待徐英洞3号出口的居民群",正在地区议会办公室和区政府、市政府前进行示威。引进徐英洞图书馆的愿望落空后,父亲便开始一心扑在体育设施、公园以及徐英站3号出口的规划建设上。

马上要拍摄了,但宝美的内心却非常矛盾。一边要求政府给建设便利设施、公园、道路,一边又拒绝建住宅,更拒绝建廉租房,甚至还拒绝建设老人设施。宝美自己都难以接受这样的父亲,更何况没有半点血缘关系的徐英洞居民呢!宝美的纪录片真被电视台播放的话,宝美和她家人肯定会被骂得狗血喷头。

父亲提前到达了约定的地点,在门口等着宝美,然后理所当然地接过宝美手中的包。这时,宝美问:

"真的可以拍摄吗?"

"当然可以了。你不是已经拍了咱们家还有我在居民会议上的活动嘛,单人示威有什么不行的?我现在已经适应镜头了,一点都不紧张了。我家闺女需要的话,爸爸一定照办。"

"我不是这个意思……"

父亲这样肯定会被观众厌恶的,以前拍摄的内容就有点过分，这个单人示威真的是太可笑了。但宝美却也不忍心把这些话说出口，所以，她决定：先拍摄，实在不行就编辑掉，不要吓唬自己，也不要限制父亲。看见女儿的表情，父亲问：

"怎么了？你觉得爸爸太庸俗了？像个投机分子？"

"爸你瞎说什么！我什么时候说过这样的话？"

宝美提高了嗓门极力否认，但脸却都红到了耳根——父亲刚才说的那两个词正是她所想的。庸俗、投机分子，父亲一点都不在意，反而做出一副趾高气扬的表情说：

"大家都会觉得你爸很了不起的，都会很羡慕的，骂我的人？也可能会有的。但那是因为羡慕和嫉妒才骂。"

刚才还在并肩走的父女渐渐拉开了距离。父亲背着宝美的包，提着示威用的标语牌，仍然挺直了腰，大步向前走；而宝美则慢慢低下头，越走越慢。可能是太累了，没吃早饭所以没力气，没喝咖啡所以还没清醒，她找出很多借口，但真正的原因是她根本就不想去。走到议员办公室的楼前，宝美的脚像灌了铅一样沉。

远远地看着电梯门要关上，父亲大声喊了一声"等一下！"，宝美迷迷糊糊地跟着跑进电梯。按着电梯按钮在等他们的男人看见父亲后，很开心地喊道："安承福先生！"是父亲认识的人？这栋楼上都是办公室呀！父亲也热情地笑着问：

"哎哟，您这么早就上班了？"

"是啊，一会办公室有个居民房产讲座，所以您才选今天来的吧？"

"对呀，感兴趣的居民会来不少人的。"

"那拜托您一会嘴下留情啊！"

宝美惊讶地看着这两个人，于是，父亲就向这个男人介绍宝美：

"这位是导演，纪录片的导演，最近在拍摄我和我的家人。"

那个男人"啊啊"地张大了嘴，盯着宝美看了一会才问候道："您好！"宝美点头致意。

"什么纪录片？主题是什么？"

"嗯，人生的故事，普通人的生活。"

宝美吞吞吐吐地回答，那个男人重复着宝美的话："普通人的故事，普通人……"然后，父亲又将这个男人介绍给宝美：

"这位是秘书长。"

宝美也像男人刚才那样，"啊啊"地盯着男人看了一会。这几年，父亲不断地给区议员提各种的意见和建议还进行各种抗议。宝美每次在电视新闻或选举墙报上看见议员时，都会想：他和他周围的人该多讨厌和厌倦父亲啊！但他们却和父亲相处得很融洽！这就是社会吗？经常见面，培养出感情了吗？毕竟讨厌也是一种感情。

最后，秘书长很有礼貌地道别，走进他的办公室。宝美一举起摄像头，父亲就熟练地走到走廊尽头，然后返回，走进镜头，然后站在刻着议员名字的匾额前举起标语。

"读一下标语的内容。"

"嗯？这个？徐英洞，需要，徐英站，3号出口。金文硕议员，务必，守约！"

"这内容是谁写的？"

"群里，有个群叫'等待徐英站3号出口的居民群'，基本上都是住在东亚1期的人。3号出口的位置不是正好在东亚1期前面嘛。你也参加吧，你们家门口有个地铁出口的话，多方便呀。"

"我不坐地铁，我更喜欢公交车。"

宝美冷淡地回答，父亲皱了一下鼻子，随后又笑了。宝美真的不怎么坐地铁，而且她还知道，就算东亚1期前面建3号出口，坐地铁也不会更方便，因为站台的位置无法改变。虽然东亚1期到3号出口近，但走过检票口再走到站台的话，距离就变远了。对坐地铁的人来说，走到1号出口直接坐地铁与从3号出口进去再走很长时间坐地铁其实是一样的。但对东亚1期的业主来说,二者的差别就大了,因为东亚1期就成为离徐英站3号出口徒步3分钟距离的小区了。

取景器中,父亲看起来单纯又迫切。实际上,父亲的心情也确实是单纯又迫切。举着标语的父亲与举着摄像机的宝美正好是3步,1.5米左右的距离,但宝美却觉得她永远都无法走近父亲。对宝美来说,房子就是个家,是故乡,是记忆,是现在生活的地方,仅此而已,除此以外没有任何意义。

宝美沉浸在思绪时,"叮"的一声,电梯停下的声音响彻空荡荡的走廊,下来的人是宝美在1楼看见的年轻保安。宝美突然有种不祥的预感。两名保安走过所有的办公室,径直朝宝美和父亲走去。"是因为没得到许可就拍摄吗?要不,就说是个人记录用的?告诉他们没拍其他办公室?要不,就说是在拍公益视频?"

男人问:"您现在不是单人示威。您是知道的吧?"

"嗯?"

"您现在是两个人,所以不是单人示威。您违反了集会法。"

父亲把举着的标语放下,指着宝美说:

"她只是在拍摄。我自己在示威,怎么就不是单人示威

纪录片导演安宝美

了？我单人示威了那么多年，你觉得我还不懂这个？别拿集会法吓唬我。"

"不管怎么样，您一直这样的话，我只能报警了。至于是不是单人示威，您可以去警察局说，也可以去法院说。"

"议员办公室通知你们的吧？"

"只有议员办公室的人看见两位了吗？路过的人都看见了。"

"一个人都没过去！是谁？谁说了什么，你们才来的？"

父亲一着急就用手掌推了一下男人的肩膀。男人本能地抓住了父亲的手腕，事情发生得太突然。父亲大声喊："放开！你放开！"他额头竖起青筋、满口粗话地抗议，看起来非常陌生，宝美为难地举着摄像机向后退。顺着走廊，一排办公室的门一个个地打开一条缝，人们开始向外看。有了看热闹的人，被保安紧紧抓着的父亲就开始大声嚷嚷。这时，另一个保安突然发现了宝美，然后指着宝美的摄像机说：

"摄像机！他们在拍摄！不要拍！不要拍！"

宝美都没来得及关摄像头就本能地抱住了摄像机。男人朝宝美走来，而宝美身后是墙，前面则站满了人，无法逃离。宝美用急迫的眼神看着父亲，想得到父亲的帮助。父亲一看到宝美的眼神，表情立刻变得僵硬了，也更粗暴地要甩开抓着自己手腕的保安。争执中,保安不小心胳膊肘打到父亲脸上,父亲的眼镜被打飞,落到宝美面前。

宝美双手抱着摄像机,只能呆呆地看着父亲的细框眼镜。这时,保安抓住了宝美的摄像机,宝美"啊"地尖叫了一声,瘫坐到地上。连前面都看不清的父亲嗖地一下飞奔过来,扑到保安背上。

"别碰我的宝美!宝美!宝美你没事吧?"

保安趔趄了一下,失去了重心,倒向宝美。宝美被保安压在身下,不断地尖叫。父亲抓住保安的衣领破口大骂,而保安被勒住脖子,不停地咳嗽。另外那个保安则大声喊着:"放开他!放开他!"试图拦住父亲。这时,看热闹的人更多了,走廊成了修罗场。

最后,议员办公室的人出来收拾了局面。纠缠在一起的四个人好不容易才分开,各自站回自己的位置,父亲的眼镜已经断成两截,孤零零地躺在地上。这时,保安问宝美:

"怎么回事?您二位是什么关系?"

宝美一时语塞,她转了一下眼球,犹犹豫豫地小声说:

"我是纪录片导演……"

"纪录片?导演?可是,刚才这位先生说您是他的什么来着?"

宝美这次也没回答,父亲则蹲坐着,在地上乱摸,试图找回眼镜,保安走过去捡起眼镜递给父亲。父亲接过已经打碎的眼镜,看了好一会,然后转过头,告诉宝美:

"今天你先回去吧,这是单人示威,看来我得自己在这里。"

宝美收拾着把摄像机装到包里,父亲拍了拍宝美的肩膀说:

"路上小心。"

这时,宝美才问:

"没有眼镜,你能行吗?爸。"

"没事,反正我就光站在这里。"

转身离开后,宝美身后传来嘀咕的声音:"爸爸?您喊他爸爸?您是他女儿吗?刚才怎么说是导演?"宝美头也没回地离开了那里。

拍摄暂时中断了。这件事情,父亲与宝美都没再提起,父亲像没发生过任何事情一样,问宝美最近来不来拍摄,宝美却不想去。一段时间后,在别的城市上大学的弟弟回来,一家人得以团聚。

姐弟俩见面后一边互相开着玩笑,一边担心着对方的未来。弟弟本来想继续留在学校学习,现在又改变了想法,说毕业后想回家。父亲冷不丁地问：

"对了，余款是哪天付来着？"

"下周五，周五下午2点。"

"嗯，我跟你提前一天去吧，帮你准备搬家。"

宝美一头雾水，问弟弟：

"搬家？就剩下一个学期了，你去哪？"

"我学分都修完了，下个学期一周只去学校两天就行，那两天在朋友家住，剩下的时间在首尔准备就业。"

"哎哟，我们范奎长大了！"

"我早就懂事了，现在呀，你该懂事了。"

宝美白了他一眼，弟弟嘿嘿地笑了。姐弟俩年龄相差很多，宝美一直觉得弟弟是个孩子，现在可以自食其力了，还会跟姐姐顶嘴了。弟弟真的长大了！宝美感动得眼泪都要流出来了，弟弟却是一份泰然的表情。

"我来回跑的话，可能会很忙，就想把房子卖掉，虽然可能还会再涨。"

听到弟弟的话，宝美的眼泪嗖地收了回去。

"你住的那个房子？学校前面的那个？那个房子不是租的吗？"

"那是爸爸给我买的退伍礼物。"

"退伍礼物？"宝美哈哈哈地笑起来，嘴里的饭粒都喷出来了。"退伍礼物给买房子!这么说来,我们家好像是富豪啊!"宝美一直以为自己是一个平凡小市民家庭的长女,现在觉得很不可思议,还有点失落。"爸,我们去日本吃赞岐乌冬面吧?"

父亲瞥了她一眼,翻着盘子里的菜,若无其事地说:

"当时还不到1亿。"

虽然懂事了,但还没完全懂事的弟弟兴高采烈地补充道:

"现在都3亿了!那里被指定为产业园区,据说还要通高铁。"

宝美装得若无其事地说:

"不错呀,范奎,你赚了不少呀!"

"交了赠与税的话,好像也剩不了多少。"

赠与税?宝美不自觉地看了看父亲,父亲夹起一块排骨放到宝美的碗里说:

"吃肉,吃肉,多吃点!闺女。"

父亲一直在啃排骨,嘴上泛着油光。宝美啪的一声用力把筷子拍到餐桌上。

首尔的房价正急速上涨,公示地价将成为现实、综合房产税将强化、转让税率将提高等报道也满天飞。父亲觉得一直持有宝美夫妻住的房子有点负担,但卖了又有点可惜，他觉得还会涨，至少会涨到银行贷款的上限——15亿。不过，就算卖到这么高的价格，但又因为自己一天都没住，所以房产转让的差额大部分都会变税金。

思考了很久，父亲决定把那个房子赠与儿子。虽然赠与税也有1亿，但也比房产转让税少了一半——父亲依然认为徐英洞的房价还有很大的上升空间。而且，反正儿子结婚的时候也得给他置备一套房子，父亲从多个方面考虑，觉得提前赠与更合适。

"宝美你继续申请认购吧，定金呢，爸爸无论如何都会给你准备好的。"

"知道了。我搬走，马上搬走！"

"安宝美！那是什么话！爸爸什么时候说让你搬走了！"

一直看姐姐脸色的弟弟也帮父亲说道：

"是呀，姐，不用马上搬走。"

听了弟弟的话，宝美气炸了：

"呀！你就这么没眼色？还是说想当个善良的房东？爸妈以后别再使唤我老公了！不，别再给我老公打电话了！"

回到家，宝美依然还是愤愤不平，看着一边哭一边擤鼻涕、脸都快被搓掉一层皮的宝美，丈夫安慰说：

纪录片导演安宝美　117

"我们还是靠自己吧,想办法置办个符合我们收入水平的房子。房子小一点能怎么样?不方便又能怎么样?房东要涨保证金能怎么样?被房东赶出去又能怎么样呢?我们不是还年轻嘛。"

宝美也希望自己能这么想,但她却控制不住自己的心。"我不愿意!房子小、不方便,我都不愿意!我弟弟比我还年轻呢!"一想到这些,眼泪又流了出来。丈夫为了安慰宝美,用夸张的语气说:

"而且,说不定你的纪录片就火了呢。"

宝美抽泣着,勉强说道:

"我不做这个纪录片了。"

"怎么了?都拍摄完了,怎么不做了?"

"我做不到,就这个样子,我做不到。我不知道自己该说什么,该怎么办。"

宝美从头看了一遍历经好几天才拍摄出的视频文件,最后一个文件是那天拍摄的视频。画面晃动得非常严重,什么都看不清,但声音却很清晰。"别碰我的宝美!宝美!宝美!你没事吧?"宝美很羞愧。傲慢无礼的父亲,粗俗的父亲,不知羞耻的父亲,以及自认为与父亲不同的自己。

父亲给姐弟俩都解决了住房问题,让宝美住上了一个不错的房子,虽然又把这个房子的所有权给了弟弟,但这有什么关系呢?对宝美来说,房子只是家,是故乡,是记忆,是现在生活的地方,仅此而已,除此之外,没有任何意义,也没有任何价值。即便这样,她还是觉得很委屈,很痛苦,也很生气。

宝美在成长过程中从未缺过任何东西,长大后依然不断接受父母的帮助,即便结了婚,也还在依靠父母生活,而且她还想把揭露父亲庸俗本性的纪录片当成自己的跳板。说不定,宝美自己也和父亲一样庸俗。

白银辅导班联合会会长庆花

从做数学家教开始，庆花就定下了目标，要入驻白银大厦。因为白银大厦是徐英洞辅导班的圣地，也是徐英洞私人教育的典范。这个15层的建筑里有一百多个大中型辅导班和个人培训班、读书室、学习室，1楼有多种小吃店和西饼屋，学生们可以简单地吃点东西，此外，还有很多咖啡店供接送学生的家长使用。

对面的现代公寓开始入住时，白银大厦也建成完工，而且一开始就入驻了很多辅导班。白银大厦附近有一所中学，现代公寓里又新建了一所小学，对辅导班的需求增加，于是，这栋楼就慢慢地发展成辅导班专用楼。其他业种的店铺离开时，辅导班就会入驻，填补其空位，由此，辅导班的比重就变得越来越高。6楼是诊所层，有少儿科、整形科、儿童生长发育韩医院、幼儿牙科，最后，随着儿童心理科的开诊，6楼就成为一个完整的诊所层了。

庆花的"精准英语数学辅导班"在4楼。庆花在白银大厦附近经常听到正在或者曾经在她辅导班学习的学生喊她老师，这是她最开心的事情。她真切地感受到，她的辅导班已经完全步入了正轨。不久前，庆花还担任了"白银辅导班联合会"的会长。这个联合会仅有个名字而已，并没有实体，由于她在徐英洞生活了很久，大家就把会长的帽子扣在她的头上了。不过，她并没觉得当会长是个负担。

辅导班联合会会长主要的工作是定期跟其他院长们吃饭、喝茶，交换院长的研修计划或校车安全教育、责任保险等信息，此外还共享车辆签名单、学费缴纳证明、个人信息同意书等文件的格式。另外，院长们还会在开会时讨论跟自己不一心的老师、不听话的孩子以及经常挑刺的家长。

"这个区的氛围真独特，人们都很有自信，怎么说呢？但又好像缺乏归属感。"

"是啊，他们都因为不喜欢徐英洞的学校搬出去，却又都回白银大厦上辅导班。"

"是因为这里的居民都是随着工作而搬来的外地人吧？"

"是因为我们这个楼的辅导班好。"

徐英洞学校的高考成绩并不好。徐英洞的孩子都不想在徐英洞的学校上学，但又离不开白银大厦的辅导班，徐英洞附近其他区域的孩子也来白银大厦上辅导班，却又看不起徐英洞。想进来的欲望和想出去的欲望如火般燃烧的地方——徐英洞。既是辅导班院长又是学生家长还是徐英洞居民的庆花经常感到这些欲望在自己体内不激烈的冲突。

在辅导班林立的徐英洞，没加盟任何品牌的小补习班能生存下来，靠的是院长庆花能给孩子打下良好数学基础的风评，而且，学霸儿子小灿也起到了很好的广告效果。

辅导班搬迁时，小灿也跟着过来了；辅导班更换教学科目时，小灿也更换了学习的科目；老师经常离职时，小灿也一直努力适应新来的老师。纯真又听话的小灿即便养成了拔自己头发的习惯，也一次都没反抗过妈妈。他在妈妈的辅导班补习功课，跟妈妈的同事学棒球，所有的事情都不瞒着妈妈。庆花认为这是当然的事情，但小灿却觉得这是没有办法的事情。

6年级寒假时，小灿上辅导课迟到了30分钟。庆花那天课很多，下班时才知道小灿迟到的事情，她回到家问小灿时，小灿没什么大不了似的回答说，他记错了时间，从家里出来晚了。小灿的姥姥好像刚知道似的问："小灿今天迟到了？"

小灿洗澡时，庆花收拾小灿的书包和衣服并习惯性地打开了小灿的手机。小灿的朋友发来了信息——"刚才迟到没事吧?我错过了辅导班校车,被发现了。不过,游乐场真是太冷了。"不是从家里出发得晚?到底在游乐场干了什么?庆花想等小灿一出来就问清楚,但又觉得显得太过焦急,于是她给小灿的朋友发了信息:

"不过,刚才还挺有意思吧?"

庆花觉得这样说很稳妥,还能引出小灿朋友的回复,但小灿的朋友读了消息很久都没回复。[1]能看出来不是小灿发的信息吗?庆花正紧张时,Kakao talk信息连续发了过来:

"嗯嗯"

"我也"

"得"

"买个卡丁"

现在的孩子怎么都不把话说完整!庆花读了好几遍,才明白:"我也得买个卡丁。"啊!卡丁!原来是在游乐场玩跑跑卡丁车才迟到的。庆花基本上没限制小灿玩游戏的时间,也没限制他玩手机,但小灿为什么要撒谎呢?这时,小灿擦着头发从卫生间出来了,庆花立刻问道:

"你为什么向妈妈说谎?"

---

[1] 对方点开对话框的话,韩国Kakao talk软件会显示"已读"。

"啊？"

"妈妈不是不让你玩游戏。在家里玩不就行了，怎么还非得去游乐园玩？还和不爱学习的孩子一起？甚至还耽误了学习。"

小灿涨红了脸，飞奔到房间，拿起自己的手机看了一眼。妈妈不仅偷看了自己的手机，居然还给自己的朋友发了信息！小灿发了出生以来最大的火，他一边哭一边大声地喊。庆花一句都没听懂他说了什么，后来才听小灿姥姥说，小灿说的是，从现在开始不再去妈妈的辅导班，手机会设上密码，最主要的是不再跟妈妈说话了。

小灿真的没去庆花的辅导班，手机设上了密码，也不再跟庆花说话，看都不看庆花一眼，与庆花的交流全都通过姥姥。庆花安慰过他，也求过他，甚至还哭过，但都没起一点作用。最终，庆花决定暂时不管小灿了。对小灿的担心以及小灿的学习计划和目标，都暂时忘记。小灿要求做的、要求买的，都满足他，没告诉她的，她就当不知道。不过，她自己的妈妈在管理小灿的辅导班和考试、检查小灿的作业和书包、关注小灿的交友。大峙洞著名的鸡娃妈可不是浪得虚名的。

坐在妈妈的小型车副驾驶上一圈一圈地揭开锡纸吃紫

菜包饭，是庆花学生时代唯一的记忆。她没出任何问题、没有任何疑问地度过了青少年时期。为了实现妈妈定下的目标，她按照妈妈的计划，认真地听妈妈选的老师的课，而且还用成绩证明了妈妈的判断有多精准。为把孩子送到庆花妈妈组建的课外学习小组或辅导班，周边的妈妈们经常争得面红耳赤。

但是，庆花却把高考搞砸了，她没考上期待的大学。不过妈妈没有发火，也没伤心，只是安慰她说，尽最大努力就可以了，现在的结果已经很不错了。在最敏感的青春期被逼着学习、参加各种考试，庆花之所以依然跟妈妈保持良好的关系，妈妈那时的称赞与鼓励起了很大的作用。很久之后，庆花跟妈妈聊起这件事，妈妈依然平淡地说：

"你不是已经很努力了嘛，我觉得那么小的孩子能做到那样就不错了，以后什么做不了呀。"

"说实话，妈妈当时对我期望很高呀，没失望吗？"

"反正，我也尽力了。"

妈妈的回答一直是支撑庆花不断前进的力量。现在回头看，庆花在没有任何经验的情况下鼓起勇气创办辅导班、下决心离婚，都是从妈妈的那句话里得到的力量，庆花相信自己，把小灿和家都交给了勤劳的妈妈。

从妈妈搬过来一起住，小灿的生活和学习才步入正轨。

妈妈依旧很踏实,当年的教育方法也没忘记,还增添了一份岁月沉淀后的从容。庆花觉得,现在自己的责任就是努力挣钱,让三口人没有后顾之忧,所以就一心扑在辅导班的工作上。她当时选择离婚,就因为丈夫也这样一心扑在工作上。现在,在小灿和妈妈已经入睡的晚上,轻轻地按密码回到家里时,庆花觉得既空虚又凄凉。

在上班的路上,庆花在电梯前遇到了同一楼层的"苹果树作文辅导班"院长,这个院长经常缺席院长聚会,今天一看见庆花便慌里慌张地朝庆花走去,问道:"您看见了吗?"

"什么?"

"旁边贴上工程介绍了。"

"商业楼那里?"

"嗯,说那里要建痴呆中心,这像话吗?"

"痴呆?老年人得的那个痴呆?"

那一瞬间,庆花感觉到一股抵触感油然而生。

白银大厦旁边的建筑原来是个老旧的两层商业楼,那栋楼阴森森的,外墙裂缝,大门锈迹斑斑,从卫生间的瓷砖到楼道的照明每个角落都破烂不堪。不知道是因为整栋楼都给人阴森森的感觉,还是因为这个商业楼繁杂且没有特色——那栋楼里有餐厅与咖啡店、家具店、西装店以及电子产品代理点等多个业种，顾客并不多。不过有的店铺依靠回头客经营了很长时间。

庆花喜欢那个商业楼1楼的乌冬面店，上班的路上，经常去那里解决早饭。去年冬天的某一天，庆花去那里点了她经常吃的乌冬面与炸猪排套餐，老板又端上来一盘水果沙拉说：

"最后一次了，老主顾，这是送你的。"

"最后一次？"

"您不知道啊？这栋楼卖出去了，我想尽早撤出去。"

乌冬面老板说，这栋楼要完全拆除，然后建个全新的楼，还补充道："这块地不小，建高层的话，能赚更多的钱，我觉得可能会建个商务公寓，不过这只是我自己的想法。"庆花也是这么想的，她一直很好奇这栋楼的主人是个什么人，居然对这个商业楼完全不管不问，原来是想卖掉！

几个月之间，这栋楼的店面一个个消失了，最后搬走的是面积最大的1楼的电子产品代理点。楼上的窗户都用胶带贴成X形，防护栅围了起来，工程车辆开始进进出出，最后，随着一阵天塌地陷般的巨响，整栋楼倒了下来。在白银大厦的高层可以看见工程的进展，不过，庆花的辅导班在4楼，并没看见商业楼的倒塌。

在下班的路上，庆花开车绕倒下的商业楼转了一大圈。红绿相间的帐篷缝隙中，露出尚未清理完的建筑残骸。灰色的水泥块、缠成一团的铁丝、被劈碎的木板……这是不知起于何处，又失去了本来面貌的某种时空碎片。看着倒下的商业楼，庆花顿时感觉时空好像发生了错乱，自己的记忆好像也被某种神秘的力量修改了。

不管怎样，庆花觉得破旧的商业楼消失、新的大厦拔地而起并不是一件坏事，她一直觉得，丑陋的商业楼不仅拉低了白银大厦的水准，也拉低了徐英洞的整体水平。那里马上会建起一座徐英洞最洁净、最时尚的大厦！带着这个期盼，庆花默默忍受了施工期间的噪音和粉尘。但是，等待她的却是更大的愤怒与痛苦。

庆花立刻转身走出白银大厦，快步走向施工现场。如"苹果树"院长所说，施工现场的指示牌上写着"爱心疗养院＆日常护理中心"。这里真的要建疗养院？庆花拿起手机拨打指示牌上的建筑负责人电话，但没人接。于是，她一次又一次地拨打这个号码，这时，有人轻轻地拍了一下她的肩膀。

"您是在给区政府打电话吧？"

"您是？"

"我是现代公寓的居民代表。"

这个人说，现代公寓的居民早上才看到这个工程介绍，现在正紧急召开居民会议。庆花自我介绍说她是白银大厦辅导班的院长，这个皮肤光滑、脸色红润、看不出年龄的居民代表立刻伸出手说：

"我叫安承福。我们现代公寓现在很愤怒，你们白银大厦也很心烦吧？我们一起解决这个问题吧。"

听到这个居民代表的担忧与鼓励，庆花意识到事态的严重性，顿时感觉浑身乏力。

怎么能瞒着我们偷偷施工呢！院长们非常愤慨："痴呆老人在附近徘徊，威胁到辅导班的学生可怎么办？""而且以后进进出出的车辆会变多，道路肯定会堵塞。""救护车随时拉起警笛进进出出的话，也会影响上课。""垃圾啊，恶臭啊，可怎么忍受呀！"院长们义愤填膺地讨论着。庆花觉得，恶臭有点说远了，但其他的话都不无道理。

庆花与现代公寓的居民代表一起去了区政府。负责人告诉他们，那块地是准居住地，可以建设疗养院与幼儿园等老幼设施，现在完全没有违法的地方。而且还说，如果同一楼上原来有住户的话，需要交无纠纷保证书，但这栋楼是新建的，且整栋楼都用于老人护理，所以不需要交保证书。

"整栋楼？光地上就有5层，5层全部吗？"

"对。"

"居民们反对呢？我们不能接受！"

"那您最好先跟楼主协商，听说他一直在做老人护理相关的事情，这是他毕生的愿望。"

然后，负责人犹豫了一下又补充到：

"现在最需要的其实就是老人设施，我们不是已经进入老龄化时代了嘛。"

"不管是不是老龄化时代，怎么能在没得到居民们同意的情况下，随随便便就给许可！反正我们不同意建疗养院！"现代公寓的居民代表在办公室里大声嚷嚷着闹了起来，庆花觉得很是汗颜，就把他拉了出来，代表愤愤地说，无论如何都得阻止他们施工，然后问庆花：

"院长，您是什么车？"

"车？自家车？"

"对。"

"伊兰特。"

"哎呀！院长开什么伊兰特呀！至少也得开雷克萨斯呀！我们现在需要名贵的车，最好是进口车。"

"您要名贵的进口车干什么？"

"堵在门口啊！不让挖掘机进去。"

庆花也不希望白银大厦旁边建疗养院，她觉得那个位置不合适，就算在楼主的立场上考虑，那个位置也不合适。楼主的信念固然很好，不过，在寸土寸金的首尔市中心建造疗养院和日常护理中心，真的能赚到钱吗？不过，堵路或投掷垃圾、与工人打架之类的事情，她也没打算做。庆花在电视里经常看见那些反对建造老人、孩子或残疾人设施的利己主义者，她不想成为那样的人。一阵头疼袭来。

现代公寓的居民会议与白银辅导班联合会组建了对策委员会，他们先堵住了进入施工现场的道路。"这个地方开好车的人原来这么多啊！真的用进口车堵路啊！"庆花暗自吃惊。现在，他们的下一步计划是和楼主面谈，委托监理办公室检查设计和建筑过程是否有问题，还要请区政府进行仲裁。充满愤怒和不安的会议结束时，"苹果树"的院长突然说自己的儿子是电视台的记者。

"话讲不通？那我们就上新闻，大家不要担心！"

然后，其他人都纷纷说出熟识的舆论人、司法人员以及公务员。"别等了，现在就爆出来吧！我负责采访！"看着激愤的大家，庆花有点惊慌。现在这个情况被报道出来的话，堵在路口的进口车被报道出来的话，"我们小区前绝不可以"的采访被报道出来的话……舆论真的会站在居民这边吗?

庆花不知如何是好。她听着这些激愤的声音,默默问自己:"我现在最重要的事情是什么?我的期望是什么?"首先,辅导班不能受到影响,得好好运营。庆花一家三口的生计都在依靠这个辅导班。庆花决定优先考虑生计问题,坚持住!好不容易才走到今天!

下班的路上,庆花在小区前面的便利店买了四听啤酒,为了节省买购物袋的钱,她把四听啤酒全塞进手提包里,抱着鼓鼓囊囊又冰凉的手提包,她觉得心脏都快结冰了。

听到开门的声音,小灿从房间里走了出来。庆花好像走错了门似的弓着腰站在玄关,没敢进客厅。

"怎么回来这么晚?您喝酒了?"

那可不是自己的儿子,而是主子!平时把房门锁得死死的,家里来客人都不出来打招呼。庆花慢慢地把鞋脱下来,一步一步走到客厅说:

"没,今天开会了。"

小灿用怀疑的眼神看着庆花圆鼓鼓的手提包,然后突然喊了一声"妈妈"。庆花的心跳突然加快,她太久没听见"妈妈"这个词了。世上唯一的儿子,让她甘愿抛弃一切的儿子,曾经每天不停找妈妈的儿子,小灿和庆花曾是互相的骄傲。庆花像偶然遇到前男友似的，尴尬又激动地说：

"嗯，怎么了？"

"姥姥有点奇怪。"

"姥姥？"

"你多关心关心姥姥，你的妈妈。"

"你也多关心关心你的妈妈吧！"这句话已经到了嘴边，又被庆花咽了下去。庆花觉得自己要皱眉头，就故意歪了歪嘴掩饰。

"姥姥怎么奇怪了？"

"姥姥有点迷迷糊糊的，就像我打游戏时一样。"

你自己也知道呀！不，现在才知道呀！

"我知道了。我明天跟姥姥谈谈。"

"妈！"

庆花又是一阵心跳。

"怎么了？"

"姥姥真的很奇怪。"

"嗯，我知道了，你别太担心。"

"请你担心一下！妈！担心担心你的家人！"

小灿用无比冰冷的表情说完就转身回到自己房间，按下门锁的声音大得跟扣动扳机的声音似的。庆花从手提包里拿出一听啤酒，靠坐到沙发上，她没想到把手提包从肩膀上拿下来,也没去洗手,就在沙发上呆坐着喝光了一听啤酒。

第二天早上,庆花睡懒觉起来时,小灿已经去了学校,她端起妈妈煮的明太鱼干汤,呼噜噜地喝完,才想起来昨天小灿的叮嘱。

"妈,你吃早饭了?"

"嗯?"

"吃早饭了吗?跟小灿一起吃的?"

"早饭。"

妈妈好像第一次听说"早饭"这个词似的,呆呆地重复着庆花的话。庆花好像知道小灿的话是什么意思了。妈妈的表情真的和小灿沉迷在游戏中的表情一模一样。

"妈,你最近有什么事吗?小灿挺担心的。"

"我有什么事。没有什么事,没有什么事,我。"

重复着"没有什么事"的妈妈眼神有点空洞。这时,庆花突然觉得最近经常看见妈妈的这个眼神。"可能是上年纪了。""可能又忘了什么。"庆花一直没当回事。几天前,她发现冰箱保鲜室里放着一个湿漉漉的塑料袋。庆花还半开玩笑似的责备妈妈是不是老糊涂了,那时妈妈的眼神就有点空洞地回答说:"可能是吧。"庆花开始觉得不安,觉得妈妈很可怜。

"吃了饭,我去买件冬天的外衣,也给你买件。"

"好啊。"

"你洗漱了?快去洗漱、换衣服,我们一起去。"

"你看着买吧。"

"还是一起去吧,试着穿穿,选一件称心的。"

妈妈把擦煤气灶的抹布扔到洗碗台里,转身走进卫生间,不过,过了好一会都没从卫生间传出来水声。庆花本来想在外面叫一下,旋即站起身来,踮起脚悄悄走进卫生间。妈妈正右手拿着牙刷呆呆地看着镜子。庆花用比小灿喊妈妈时更颤抖的心情喊了一声"妈",透过镜子,庆花又看见了妈妈空洞的眼神。

"怎么不刷牙,干什么呢?"

"什么?"

"嗯?"

"这个,怎么弄来着?"

庆花强忍住了即将夺眶而出的眼泪。

庆花缺席了与楼主约好的面谈,也缺席了去区政府的访问。那个时间里,她陪着妈妈去痴呆安心中心做了筛选检查,妈妈被判定为认知能力低下,痴呆安心中心帮她预约了相关的医院。

妈妈吃饭、洗漱、睡觉乃至日常生活的每个瞬间,也就是说站着、坐着、走路、穿上衣、提裤子、坐坐便器时,庆花都不能放心。

一起吃了早饭后,妈妈去了卫生间,庆花则在刷碗。她全神贯注地在水流和泡沫中忙碌时,突然向后看了一眼,卫生间的门依然关着。庆花心里"咯噔"了一下,她一边甩着两手上的水和泡沫,一边跑向卫生间,哐哐地拍打卫生间的门。"妈!妈!"泡沫把卫生间的门和庆花的脸都弄得一片狼藉时,背后传来了妈妈的声音。

"庆花啊!"

妈妈正吃惊地站在自己房间的门口。庆花拉了一下卫生间的门把手,门轻轻打开了。卫生间里没有人,灯也是关着的。庆花一下子瘫坐了下去,妈妈走过去,轻轻地抚摸着她的肩膀说:

"我现在还好,你别太担心。"

"妈妈还是先管好自己的身体吧!"话到嘴边,庆花又硬咽了下去。

"我也没事,没事。"

庆花重新承担起已经放手很久的家务,也重新开始负责小灿的学习和辅导班日程以及课间加餐,做完家务再去辅导班上课。一天的工作结束时，她已完全失去了时间感，腰和骨盆以及胳膊、腿、手指关节都好像被捏碎了。但她觉得，只要妈妈没事，她可以坚持住。每次看见标出精密检查日期的台历，她都既后悔又急迫。

应该告诉弟弟吗？她已经记不起来自己唯一的弟弟的声音了。他们并没吵架，也不是关系不好，只是随着年龄的增长，各自组建了家庭，自然而然地就疏远了。他们只有在节日或妈妈的生日时才互相联系，约好见面的日子。何必让他提前担心呢？但是，突然告诉他结果的话，他会不会更惊慌？

上班后，庆花给弟弟打了电话，详细地讲了这几天妈妈和自己发生的事情，然后说明天是精密检查的日子，问他是否要来。弟弟沉默了很久后问庆花：

"你是说，妈妈可能得了老年痴呆？"

"准确的情况，精密检查后才能知道，筛选检查的分数是有点低。不过，现在用药物可以推迟病情的发展，痴呆安心中心的课程也能给不少帮助。即便是痴呆，也能充分进行药物干预，让我们不要太担心。"

"谁说的？"

"保健所痴呆中心的医生说的。"

"姐。"

"突然告诉你,吓坏了吧?我刚开始也吓坏了,觉得对不起妈妈。"

"我不是说这个……我是想说,你别忘了妈妈一直在帮你做家务、抚养小灿。"

庆花猛然停下了脚步,她想问弟弟是什么意思,但一时又没说出口。事实上,她知道弟弟为什么这么说,弟弟的话并没有错。可怜的妈妈,把子女都抚养成人,又把孙子养大,还承担了庆花的家务事,一刻都没能休息的妈妈,没享受过自己人生的妈妈,现在又需要人照顾的妈妈。

"我会自己看着办的,我会负责的。但是,我觉得你也需要知道。你也是妈妈的儿子。"

电话那边沉默了很久,过了好一会,弟弟说话了:

"我说什么了?不过我明天没时间,你应该提前告诉我的。"

"我也焦头烂额的,好了,从医院回来再跟你联系吧。"

刚挂掉电话,苹果树辅导班的院长就打进来电话:

"您在哪里?打什么电话用这么长时间啊?哎呀,现在施工现场乱套了,您快来现场吧,快!"

"现场?"

"工程现场,工程现场!您在哪里呢?在附近吗?快过来吧!"

庆花还没回答，电话便被挂掉了。马上就到上课时间了。但是她最近确实疏忽了对策委员会的事情，所以她从白银大厦转身走向旁边的工程现场。

红蓝色警示灯一闪的一闪地旋转着。"不会是警车来了吧？"施工现场的入口依然被进口车堵着，后面的挖掘机和卡车试图进去，但却都不知所措地停在路上。人很多，有现代公寓的居民和白银大厦的院长等熟悉的面孔，也有劳工和行人等陌生的面孔，还有警察。再走近一点，她看见现代公寓的居民代表被警察压着肩膀还在指着鼻子骂人。庆花吓得心里咯噔一下，转身就要逃离，但却被一只粗糙的手抓住了手腕。

"您怎么现在才来？"

是柠檬英语辅导班的米奇韩，米奇韩挤进人群，把庆花带到施工现场。贴着电视台标识的一台大型摄像机正在人群中旋转，用便携式摄像机和手机拍摄的人也不计其数，他们只是看热闹的人，还是记者，或是楼主、区政府的人，无从得知。

"我还以为你听得懂人话，哼！居然在我们背后插刀！"

现代公寓的居民代表依然很激愤。

"之前连一铲土都没挖过，今天就突然叫来工人，叫来挖掘机，然后报道得好像居民妨碍他们施工似的。这是骗局！骗局！你以为我们没有认识的记者吗？"

居民代表突然挣脱了警察的手，冲向人群。人群则尖叫着向后退，后退的人群相互碰撞、摔倒、踩和被踩，居民代表完全不予理睬，反而更加嚣张，警察不得不从背后抱住他。

"哎哟，代表啊！这里到处都是钢筋、砖头和玻璃，您摔倒的话，可就麻烦了。"

电视台的摄像机依然穿梭在这个修罗场，拍摄着当时的场景。这时，一个叉着胳膊的青年向前走了两步说：

"先生，您先冷静一下。我们不是先下结论。现在这里发生了矛盾，我们想先调查一下，您虽然有自己的立场，但两方的意见，我们得都听一听。"

庆花小声问米奇韩："这是谁啊？"米奇韩用更小的声音回答："记者。"庆花觉得记者的提议是合理的，但居民代表却不这么认为。

"开什么玩笑！你是审判长啊？小兔崽子！"

说完就又要向记者跑去，这次两名警察分别抓住了他的左右胳膊。这时，"苹果树"的院长站了出来：

"这样吧，我来说，先采访我吧。"

"苹果树"的院长说他并不觉得自己的想法丢人或是错误

的，但他是教书的人，所以郑重地要求给打上马赛克。采访开始了，"苹果树"的院长首先说明了自己并非嫌弃老人，自己也不是那种"只要不建我家附近就行的"利己的人，他强调了旁边的白银大厦是个辅导班密集的建筑，并主张说，年幼学生的生活圈并不适合老人设施，从安全方面考虑也不适合。最后总结道：

"我也60多岁了，我也是个老人，作为一个老人，我觉得不应该在这里建疗养院。"

记者看着"苹果树"院长的眼睛不断地点头，并不时地在手册上记录着什么，然后环视了一下四周问：

"哪位还能再说一说？现代公寓的居民或白银大厦的工作人员都可以。"

大家都像害怕被老师点名回答问题的学生一样避开了记者的眼神，庆花也一样。"课上得怎么样了？刚才就应该直接去辅导班，当初就不应该揽下这个会长！"庆花正在后悔时，听见有人说：

"我们会长说一下吧。"

是米奇韩。米奇韩推了推庆花的肩膀，庆花上身向前倾，但她却用脚紧紧地踩着地面撑着。尽管庆花不想过去，但其他的院长和现代公寓的楼栋代表都大声呼喊着让她出来说话，最终，这些人把她硬推了出来。"不是，我……不太合适吧。"庆花嘟囔着,但没人听。

记者问庆花是否可以露脸,庆花举起两手用力地摇了摇,并回答了三次"不不不"。记者看了一眼摄像机记者说,把画面放到脚部,光录声音。庆花觉得不对劲,想逃跑,但身体却像被困住一样,无法动弹,左边的眼角开始轻微地痉挛。

"来,开始!您不用拘泥于我的问题,说出自己的想法就行。"

庆花非常讨厌这个采访,但还是吞了一口唾沫,用舌头滋润了一下嘴唇。记者问:

"这里是要建老人疗养院吧?"

"听说是。"

"您怎么看?"

"嗯……我赞成。"

"哦?"

"我希望这里建疗养院,希望能尽快完工。"

庆花心里想着要给小灿打电话。这几天,她经常给小灿打电话问,你在哪里,辅导班结束了没,然后说结束后马上回家照顾姥姥。以前她把小灿拜托给妈妈,现在又把妈妈托付给小灿。对孩子,对父母,都没能尽到责任,庆花觉得自己一无是处。

她不能放弃辅导班，不能放弃小灿，也不能放弃自己。妈妈，上了年纪、容易疲惫、记忆力减退的妈妈，更不能放弃。所以，在徐英洞，在自己辅导班所在的白银大厦旁边，应该有个疗养院，她很需要这个疗养院。

"我希望，就在这里，日常护理和老人疗养院，尽快，建好，越快越好！"

庆花一个词一个词地用力说出了这句话，最后又重复说了一遍。她不管"会长，您在说什么呀！"之类的声音，逃也似的走出这个修罗场。这时，米奇韩不知道从哪里又冒了出来，她紧紧抓住庆花的手腕。

"会长！"

"怎么了？"

"您要去哪里？"

"去上课。"

庆花用更大的力气甩掉她继续向前走，米奇韩在后面喊：

"不要装着就你自己有想法，没摄像机的时候，明明说的是和我们一样的话！"

"不是有没有摄像机的问题，是我的处境变了。那时和现在我都没有什么想法，我觉得这样的自己很让人寒心，很郁闷，很羞愧，我觉得自己很羞愧，现在连说自己羞愧都觉得很羞愧!"但庆花却一个字都没说出口。

　　大概是从施工现场出来时被划伤了,右臂上滴滴答答地流出血滴,庆花吃惊得都感觉不到痛,她先用手捂住伤口,但血又从手指间流出。路上的行人看着她,躲开她。"血不是肮脏、危险的东西,事故与不幸也不会传染。我只是受了点伤而言。我是个受伤的人,是个需要安慰的人!"庆花既委屈又伤心,但她又觉得感到委屈又伤心的自己很不知道廉耻,因而感到更羞愧。

有教养的首尔市民皆珍

"楼上又开始了!"

"我要疯了!"

"妈!"

"妈!"

"妈!"

"妈!"

"怎么不回答?"

润露接连发来信息。晢珍一动不动地看着办公桌上的手机。光从蹦出来的弹窗,就能推测润露现在的状态。"妈妈给物业打电话""周末上去说说""再忍一忍"之类的话已经不能再安抚润露了。晢珍也想哭,准确地说,是想发火。"你让正在上班的我能怎么样?""为什么只折磨我?""为什么不找你爸爸?"之类的话和热咖啡一起被吞了下去,嗓子都快被烫伤了。

手机变安静后,工作接踵而来,晢珍暂时忘记了润露的哭诉，她收拾文件准备开会时，润露打来电话，哭着说：

"楼下打开了扬声器，我头晕。"

"那你先去读书室吧。"

"网课还剩下一节课呢。"

"跟学校说一下就行。你先去读书室，2点再去辅导班的自习室吧，妈妈已经跟院长说好了。"

一家人都在拼命地从家里逃离。晢珍万万没想到，她的全部、45年人生最高的成就、四口人的安乐窝、徐英洞东亚1期115栋1102号居然成了可怕的噩梦空间。

楼上的老二下午3点从幼儿园回来一直到晚上12点睡觉，无时无刻不在蹦跳。大概因为疫情，幼儿园经常放假，现在经常从早上就开始蹦跳。他们很痛苦，但忍住了，问题是来自楼下的激烈抗议。晢珍一家告诉他是12楼在蹦跳，自己也觉得很吵，但10楼的男人并不相信，他时不时地就来按门铃、拍门甚至在门口大喊。

"好不容易走到了今天，这房子可是我的心血！"晢珍越想越愤怒，不自觉地握起了拳头。

*

晢珍的婚房是7 000万全税保证金的联排房，其中的

3 000万是银行贷款。住全税房子时，他们没住满过2年。因为房子拆迁、房东儿子结婚、卖给了急需入住的人等原因，他们不得不搬出来。丈夫主张不搬走："就这点搬家费和抚慰金，我们不要。合同上明明写着居住时间，我们可以不搬走。"但晢珍倾向于搬走。她觉得，这房子反正不能永远住下去，就算多住几个月也没有意义，而且还伤感情，对自己也没什么好处。

因为经常搬家，家具和家电损坏了很多。特别是墙角装饰柜的破损让她一直耿耿于怀。那是一个学过木工的后辈来做客时，按照她房间墙角的空间尺寸特意给做的。上面可以放相框和花瓶，抽屉里可以放杂物，晢珍一直用得很顺心。但搬家后，没有合适的地方放，就放在屋顶的仓库了，结果，整个柜子都发了霉。

搬到东亚1期那年，润露出生了，不过，润露是在大团地小区长大的。润露还是婴儿时，晢珍把她送到隔壁栋的临时保姆那里照管，3岁时送去了家庭型托儿所，5岁时送到了管理栋1楼的幼儿园。正当晢珍以为可以在小区内上小学时，房东通知他们全税合同到期了，房东好像想跟新的住户签约，以提高保证金。晢珍说她可以把保证金提高到市场价，但不知道为什么，房东只是催促他们搬出去。那天晢珍夫妻喝酒喝到很晚。

"我们买房子吧?"

晢珍问。

"哪有钱买?"

"贷款不就行了,别人不都这么过嘛。债务也是资产,你没听说过吗?这叫作债务理财。"

"债就是债,怎么就成财产了?"

"我们现在的全税不也贷款了嘛。你这话说的,好像跟没欠过债似的。"

"那能一样吗?房贷可是几个亿啊!想想就喘不过气来,我没信心。"

晢珍瞒着没信心的丈夫,开始出入于附近的房地产中介公司,她留下自己的联系方式,有着急卖的房子时,让中介公司联系她,她还打听好了银行贷款的相关信息,并确认了离职金中间清算的金额。晢珍下定决心要在同一小区买个80平方米的房子。就像丈夫所说,银行贷款得几个亿。但是,晢珍坚信,用银行贷款买属于自己的房子,从多个方面来看都是有利的。她并不是想靠房价上涨使自己的资产升值。反正只是居住,自己住的话,房价涨不涨都没有意义。她仅仅是想舒心地把润露养大,过稳定的日子。

一天加班后下班回家的路上,晢珍走过社区商业街时,1楼的房地产中介公司只有一个地方——"东亚房产"亮着灯。不知为什么，她觉得玻璃门内的女社长看起来很可靠。晢珍本打算留个联系方式就出来，不过，社长递给她一个盛着速溶咖啡的纸杯，并让她坐在沙发上。

"别找急售的，要找就找适合居住的。你不是打算自己住嘛？"

"是。"

"这几年，房价没怎么动，没太涨，也没跌，只要不发生战争，说不定一直都维持这个价格，这个时候很少有急售的房子。所以啊，您要不要考虑买个住起来舒心的房子？15楼左右、阳光较好的中间户。"

社长说的对。晢珍点了点头表示赞同，然后问道：

"现在有这样的房子吗？"

"103栋1402号。103栋是正南向，而且14楼是高层，前面没有遮挡物，不仅视野宽阔，阳光也充足，而且中间户还暖和。现在要价是3亿2 000万，我去好好说说，您要不要考虑考虑？"

"3亿以下的话，我可以考虑。"

"卖房的人也是有自尊的，不会卖这么低的。我如果把价格讲到3亿到3亿1 000万之间，您买不？现在给我个准确回答的话，我负责去讲价。"

现在？当场？立刻？回答？晢珍觉得太荒唐了，但脱

有教养的首尔市民晢珍　155

口而出：

"好，我买。"

晢珍用3亿800万买了东亚1期的103栋1402号，付了定金后，她才告诉丈夫，丈夫摇着头说她胆子太大。

主卧装了壁柜，沿着厨房的橱柜做了个吧台，堵上原来室外机的配管孔，又在对面安装了空调，在客厅的一角靠墙放了一张书桌，墙纸与水槽以及房门、装饰线、窗框都统一成白色调。她想这么生活，把房子收拾得符合自己的审美、适合家人、适合这个家。绿色的橱柜、原木色房门、樱桃色装饰线、亮闪闪的铝合金窗框，她都非常讨厌——晢珍并不是缺乏审美，也不是不在乎，才凑合着生活的。

晢珍买了几盆多肉放在阳台上，润露则把全家福贴在自己房门上。丈夫每到周末就做法式吐司当早餐，还从网上学会了花蟹汤、意大利面，甚至还学会了烤曲奇。每次做饭的时候，丈夫都哼着圣诞颂歌。丈夫说，他以前不是不想做饭，而是不想走进那个破旧的厨房。

日子过得很幸福，他们还在1402号生了二胎。过了4年，他们觉得这个房子有点小，而且又有了老二。晢珍很后悔没买110平方米的房子——这几年，80平方米和110平方米的市场价都涨了1亿左右。现在换房的话，手续会非常麻烦，还得交一些费用。但在当时，无论是直接买110平方米，还是从80平方米换到110平方米，没有很大的差别。看着一边拿着台历和存折一边敲着计算器还在浏览房产网站的晳珍，丈夫不好意思地说句"谢谢你"。

"这都多亏了你。当时没买房的话，我们现在哪能换个更大的呢。我以后都听你的，你让干什么我就干什么。"

"没有啊，慎重又实在的你更好，我们家的成就属于每一家庭成员。"这类违心的话，晳珍并不想说。

"那可不，你以后可得好好伺候我，心怀感激地一辈子都对我好，知道了吧？"

丈夫爽快地点了点头。

4年前，签完1402号的购买合同后，晳珍紧张得失眠了，交定金和房款时，两手直发抖。合同上的售房者是个骗子或签了两重、三重合同，搬家时才知道房子还卖给了其他人的话……无法安心入睡的晳珍想象着各种情况。为了让晳珍安心，东亚房产的社长说她正认真检查资料，保证不出任何问题，还重新查询了房产证，又发给了晳珍，同时还给她看了房地产中介公司共享的买卖资料。

这次，晳珍又去找了东亚房产，社长点着头说，是到换房的时候了。

"您现在应该知道当时的选择有多明智了吧？这次，我给你卖个好价。"

社长详细询问了资金情况、可以搬家的时间、喜欢的户型、方向和楼层、是否可以装修等，然后告诉晳珍不要担心新房子的问题。

"亲，我在这件事上很自负的！"

"嗯？"

"房地产中介的形象，说实话，不是有点那个嘛。怂恿房主抬高保证金，先签了合同，再把房价砍下来，明明什么事都没干，还收巨额的手续费。大家不都这么想嘛！"

"我没那么想啊！"

晳珍基本上没什么想法。忙于工作、养孩子和生活，她根本就没工夫去管别人的劳动和信念。

"嗯，你看着也不像那样的人。不过，我啊，我觉得房子非常重要，我们一整天都在外面奔忙，累得跟条狗似的回到家时，不应该高呼'啊！终于活过来了！'吗？不管是大房子还是小房子，是自己的房子还是全税房，我想给我的客人找到这样的房子。"

晳珍点了点头："这样啊！您的工作态度真好！"这不是奉承，她能看出来社长是真以这个态度在工作。"不过，比起全税房，我更喜欢自己的房子。比起小房子，我更喜欢大房子。悠闲地看着房价上涨，我觉得当时真是买对了。当时没买的话，现在也不能换个房子了。这样的感觉还真不错！我这样说的话，你会觉得我很庸俗，像个投机倒把的人吧？所以，我不会说出口的。"思想是自由的，但她懂得：不该说的话，不说。这是现代人的教养。

"那拜托您帮忙给卖个好价，再帮忙买个好房子。"

"别担心！放心交给我吧！你不用辛辛苦苦地到处看房子，到处打听。我一定给你找个称心的房子！"

东亚房产的社长打出"最佳楼栋、最佳楼层"的广告，把1402号的价格卖出新高，又帮晢珍家买了采光好的正南向中间户。"真可靠！"晢珍又一次对社长表示了赞叹。而且，这次买的房子在2年前刚进行了整体装修，现在基本不用收拾，只需要修理出故障的卫生间和一盏灯。晢珍以3亿800万买的80平方米的1402号，4年后卖出了4亿5000万，又用5亿5000万买下了110平方米的1503号。4年内，由于他们努力地偿还，银行贷款减少了一半。

孖露呼呼地从厨房里跑出来，踩到了靠坐在沙发上的润露的脚，然后失去重心扑倒在润露身上。润露哈哈地笑着说：

"姜孖露！你这个小狗狗！小马驹！"

姐弟俩的这个画面，皙珍觉得很陌生。这之前，孖露只要稍微碰她一下，她就厌烦地喊疼，嫌弟弟沉，说自己受伤了。很多孩子都不喜欢弟弟妹妹，据说还有一些孩子在弟弟妹妹出生后会突然退化，会大小便失禁或不能自己睡觉。不过，皙珍觉得，润露是女孩，而且姐弟俩年龄差距大，应该没关系。所以，她才更失望，更生气。

"才两岁的弟弟能有多重？你是姐姐，就让让他吧！"皙珍只会朝润露发火。这么小的孩子怎么这么敏感？这么暴躁？问题到底出在哪里？皙珍也很郁闷。收拾好新家后，她才明白：1402号曾是完全属于润露的空间，隔板上摆满了记录润露成长经历的相册，书架上插满了润露的书，冰箱上贴着润露的学校菜单和家长通知书，装饰品柜里装满了润露制作的各种工艺品。

孖露出生后，一切都变了。客厅里，装着孖露纸尿裤和护肤液、睡衣等的大筐子开始到处滚动。家里添加了孖露的收纳箱，润露的相册之间开始摆放孖露的相册，书架最下层放上了孖露的书。有一次，润露把孖露的照片全部推倒，皙珍让她把照片放好，她却尖叫着不听话。润露经常哭闹又冲动，皙珍已经厌倦了。

搬到1503号后，最小的房间给了孖露，孖露的物品放在孖露的房间，润露的物品放在润露的房间，晢珍夫妻的物品也尽量放在自己的房间，客厅和厨房则是公用空间。晢珍再也不想感觉自己是寄居在孩子们的家里了。收拾完新家，她突然觉得，润露可能也有同样的感觉。孖露出生后，家里开始塞满孖露的东西时，润露可能感到了混乱，或者感到了失落。润露现在能悠闲地看着孖露蹦跳、调皮、碰自己还不发火，可能是因为家和空间得到了重新定义。

晢珍也喜欢新家，她觉得很幸福。新家比1402号大了30平方米，她的幸福感远远不止这30平方米。然后，首尔的房价又开始蠢蠢欲动了。

"幸亏当时听了你的话，当初买房买得不错，现在换得不错。"

丈夫经常进房产网确认市场价和实际交易价，每次价格创新高时，他都高兴得合不拢嘴。"反正不能变成现金，又没什么意义，你怎么这么高兴？"晢珍问。

"首先，心情好。然后，如果我们搬到其他区或再换个大房子的话，我们的房子也会随着平均上升幅度涨价的。所以，那时我们会像这次一样，平稳过渡的。"

总有一天，他们可能会离开徐英洞与现在生活的小区。晢珍居家办公的时间比较多，所以她还希望拥有一个属于自己的书房。"是呀！现在的房子应该不是，也不应该是我们的最后一套房子。"

从那个时候开始，晢珍就把房子视为资产升值的好手段了，但却也不能把房子当作投资的手段，通过租赁或买卖房产来赚取差额，因为没有闲钱。晢珍一家把所有的资金都押在了1503号。

晢珍上下班时，在地铁上查看与房地产相关的各种理财软件，每天晚上都打开有线电视的房地产频道，看着入睡。她还积极打听再开发地区的住宅以及临近拆迁区域的老房子，但她又不敢把钱都投到复杂又不稳定的投资机构。最终，晢珍决定买下小区内一个正在出租的140平方米房子。她又去找了东亚房产，社长嘿嘿地笑了：

"亲，你可真有眼光！"

买了1503号6个月后，在东亚房产社长的中介下，晢珍用8亿又买下那个包含6亿全税金的140平方米的房子。为此，她又从银行贷了2亿，却完全没感到压力。

2年后，租全税的人合同到期搬走、晢珍一家入住时，那个140平方米的房子已经涨到11亿了，1503号卖了9亿5 000万。即使交了全税保证金、还了银行贷款，仍有一笔巨款到手。就算去除银行利息，也还是获得了巨额的利润——市场价11亿的房子加上一大笔现金。

在1503号的出售合同上盖章出来后，丈夫调皮地说"9

亿，9亿，9亿！"皙珍也兴奋地说：

"再等等的话，说不定真能卖到10亿！"

"工薪族攒10亿！以前是不是有个这样的理财软件？"

"现在也有。"

"以前觉得这是个天文数字，现在跟做梦似的，觉得有点不现实。"

"是我们运气好。"

"不，是因为你聪明。我老婆最好！真的。"

面对丈夫的称赞，皙珍反而觉得心里有点不舒服。两个人虽然不是爱得轰轰烈烈，但也是因为相爱才结婚的，她努力尊重丈夫的价值观和生活习惯，又养育了一双儿女，还勤勤恳恳上班。所以，她一直骄傲于自己是个相当不错的人、相当不错的妻子。但对丈夫而言，因为自己善于进行资产管理、房产投资收益好、最终赚了10亿，才是个好妻子吗？

那天是皙珍发工资的日子。临近傍晚时，看着入账的金额，皙珍感到一丝怅惘。工作了20年，每到发工资的时候，她都会觉得：这是一个月辛辛苦苦工作、忍受各种肮脏事情的代价啊！但也多亏它，才能解决下个月的生活支出。让她感到既幸运又委屈还感激的肮脏的钱，是对她的劳动和才能以及时间的补偿。不过，那天，皙珍觉得自己的工资是那么微不足道。

*

云梯车嗡嗡地震撼着大地。通过巨大的窗户，第二件行李——晢珍夫妻的床架运了上来，第一件行李是电饭锅，晢珍找了个吉日，已经提前拿过来了。搬运工问晢珍：

"床头朝哪个方向放？"

晢珍有点激动地回答道：

"朝窗放。"

这次搬家的心情不同于以前，因为这次可能是最后一次搬家。如果说，购买1402号与1503号时相比有什么不同，这次，她舒了一口气，她有种到达终点的安定感，而且还有一种比计划更快、比同龄人更早到达终点的满足感和成就感。

床和桌子、书柜、电视、冰箱、洗衣机等大件行李基本上都搬进来了。晢珍收拾被子和衣服、书籍、厨房用品的时候，一个陌生的男人从敞开的玄关嗖地进来了，他点了点头，不过这个点头的动作不像是打招呼，而更像是个习惯动作。

"您是？"

"您是刚搬来的？"

"对。"

"我是您楼下。"

"啊，您好！"

"我们小区生活很方便，离超市还近。"

"是啊，我以前在108栋住。"

"哦，那您应该很熟悉这里。"

然后，这个男人没征求晢珍的同意，就背着手在家里慢悠悠地转起来了，还完全没有不好意思的神色。晢珍觉得这个年轻人脸皮很厚，那时，她只是觉得这个邻居性格不错、好奇心有点强。

晢珍并没有专门抽出时间收拾新房子，她现在不再因为搬到新房子而激动了，也不着急尽快收拾完。她觉得一边生活一边收拾即可，根据以前的经验，在新房子里生活着就自然而然地收拾好了。所以，她舒坦地又有点慵懒地过起日子来。房子还没收拾好的时候，润露就带着朋友来了，当时晢珍正在上班，润露打来电话询问，晢珍就同意了。

尽管还处在疫情期间，孖露的幼儿园仍没封闭，只是加强了保育管理。但润露却去不了学校也去不了辅导班。

因为可以睡懒觉而高兴，也只是短暂的。晢珍早上给她做好的午饭，下班回来时经常一动都没动。问她为什么不吃，她却转移话题说她突然很忧郁。

忧郁的14岁孩子说要带朋友来家里，妈妈是很难拒绝的。晢珍叮嘱了她不要玩得太晚，不要用煤气灶。润露没认真听就"嗯嗯"地急忙挂断了电话。晢珍因为工作繁忙也很快忘记了这件事，她加班后回到家时，孖露已经睡着了。天已太晚，晢珍就泡了麦片当晚饭吃，这时，丈夫走过来，瞟了一眼润露的房门说：

"润露说，楼下上来找了，嫌我们太吵。"

"哦。"

"润露又不是孖露，怎么可能在家里跑呢！"

"我也这么觉得。反正，我让她走路时轻一点。"

"嗯，小心点总没错。不过，真正吵的是我们楼上啊！楼上的孩子几岁了？真是太能跑了。"

"所以，我有点不安，楼上、楼下都不省心。"

丈夫推测，楼上的噪音传到了楼下，晢珍也经常听别人这么说。每天晚上，楼上都传来哐哐哐拍地板的声音，实在无法忍受，上楼一看，楼上是个空房子。听起来是个怪谈，实际上是个揭露豆腐渣工程的、更可怕的怪谈——空房楼上蹦跳的声音传到了空房的楼下。

一整晚都好像有人在踩自己的头顶，但晢珍并不想憎恨那个小脚丫。因为她也有两个孩子，也知道幸亏之前楼下的邻居心胸宽广地忍受了他们的脚步声，姐弟俩才能快乐地成长。但楼下好像并不这么想。那个噪音明明已经经过晢珍家的过滤才传下去的，而且还是大白天，楼下却毫不迟疑地上来抗议。夹在嘈杂的楼上与敏感的楼下之间，晢珍很郁闷。

第二天早上，晢珍正准备去上班时，润露头发蓬乱着起床，走进客厅。晢珍问她，楼下大叔是不是上来过，润露撇着嘴说，她已经被爸爸骂过了。

"你给他开门了？以后不要给他开门！"

"他哐哐地砸门也不开？"

"嗯。待在屋里别回答，装作不在家，然后给我发信息。"

"我知道了。"

"快递、警卫、物业、楼下、楼上，无论是谁，只要爸爸妈妈不在家，谁来都不要开门，听懂了吗？"

"嗯。"

把润露自己放在家里，晢珍非常担心，所以她不断地叮嘱：不要跟任何人走，不要给任何人开门，不要跟陌生人说话，不要帮助不认识的人，不要把名字告诉别人，不要把家庭住址告诉别人，不要把电话号码和房门密码告诉别人。晢珍觉得自己已经交代得很清楚了，但润露还是那么大意地给别人开了门，一想到这里，晢珍一阵痉挛。

晢珍上班时，润露发来信息：

"楼下又上来了。"

"他知道我在家！"

晢珍回复信息说，不要回答他的话。因为心里很不安，晢珍无心工作，便请了半天假。她都没去接孖露，急急忙忙地先回了家。大概听到了开门的声音，楼下的男人又上来了。看到对讲器里男人无表情的脸，晢珍吓得心脏都快跳出来了。"要不要联系警卫室？要不要报警？我都这样，润露该多害怕呀！"

晢珍一打开玄关门，男人就猛地拉开了门。

"白天只有小孩在家吧？太能跳了，太吵了！我是在家办公的人。不是因为疫情才在家办公的，我本来就在家工作，家里有我的工作室。请安静点！真的太过分了！而且，我老婆刚刚怀上孕。"

"我们家白天没人。可能是隔壁或楼上其他家的声音。"

"这我都分不清吗？就是你们家的声音。你别辩解了！下次，我真的不会再忍了！"

男人把自己要说的话说完后就从楼梯上下去了。看着他的背影，晢珍的手一阵痉挛。

晢珍在电梯里见过楼下夫妻几次，但没看见过孩子或宠物，他们好像也不跟老人一起住。其实，晢珍一直很好奇：他们是新婚夫妻吗？这么年轻就住这么大的房子！白天也经常碰到，看来并不在公司上班。原来真是夫妻！丈夫的工作室就在家里！两个人就住这么宽敞的房子！晢珍想起她新婚时的全税房子，那些小得没有一件家具能根据自己的想法摆放的房子。

楼下的男人来突袭的频度逐渐增加，润露独自在家承受他的愤怒，也已经烦躁到了极点。面对日益忧郁的润露，晢珍觉心里很难受，也很不安，她也想保护润露，但却没那么容易。初中没有托管班，送到姥姥家吧？但学校与辅导班有时还有线下的课，根本不能离开家。小区的图书馆已经关门了，在读书室还不能听直播的网课。

有个大人在家是不是能好一点呢？晢珍认真考虑了休假。孖露今年5岁，还能用育儿假。但，晢珍是部长，还是项目的负责人。这时离开岗位的话，就不是休假，而是变成离职了。晢珍觉得自己快疯了，她不停安慰润露，请求警卫室和管理室的帮助，有时还把离得很远的妈妈叫过来，

有教养的首尔市民晢珍

但却没有根本的解决办法。家事和工作都是一团糟。

晳珍也拜托过楼上。"我们家也有两个孩子，我可以理解。但楼下的人并不理解，请不要让孩子蹦跳。"她通过警卫室说了好几次，但却没有一点用，最终她亲自去了楼上。楼上的妈妈说很抱歉，经常来送蛋糕卷、曲奇和水果，但哐哐当当、扑扑通通的声音却从未停止过。

通过几次沟通，晳珍了解到楼上的一点信息：她家有一个上小学的姐姐和一个上幼儿园的弟弟，在家蹦跳的孩子是老二，这个孩子本来就精力不能集中，正在接受游戏治疗。楼上夫妻俩在公司认识后结了婚，生了孩子后，妈妈就离职在家带孩子了，爸爸非常忙，基本不在家。妈妈亲自晒干水果做酸奶，还在家炸鸡给孩子吃，姐姐上过的英语幼儿园，现在弟弟在上，妈妈经常习惯性地叫孩子们的英文名字——我们Helen，我们Kei。看着孩子妈妈叫孩子们的英文名字，晳珍觉得这会给孩子带来学习压力，但她却没说出口。她委婉地问楼上能不能去楼下解释一下情况。她说，这个噪音好像传到了楼下，她在中间也无能为力。楼上的女人依然是一副卑微至极又无比善良的表情，却很沉稳地说：

"那也不一定就是我们家的声音，事实上，他们家能听见的噪音不可能全是我们的声音。就像您说的那样，楼上的楼上或隔壁以及楼下的声音都能听得见。"

皙珍觉得自己搬起石头砸了自己的脚,微笑着划清界限的楼上妈妈既温柔又让她感觉不寒而栗。

一个周六的中午,孖露在睡午觉,润露在自己房间看看YouTube,皙珍和丈夫在看着电视叠衣服。楼下的男人又上来拼命地按门铃。丈夫没忍住跑了出去先发起火来。正在睡觉的孖露被吵醒,哭了起来,警卫室也来人了,隔壁的邻居也出来了,男人的妻子也上来了。皙珍首先想到的是应该保护孕妇。

"您不能有压力,您怀孕了,还是先下去吧。"

"怀孕?"

女人用轻蔑的眼神回头看了一眼男人,说:

"你连这样的谎都撒?"

女人说,她以为丈夫只按了两次对讲器,今天是第一次来抗议。脚步声的确有,虽然不是很大的声音,但每天到很晚都有声音,确实很不愉快,自己也变敏感了。不过,她也觉得自己丈夫的做法太过激了,特别是丈夫拿她撒谎,让她很不舒服。说完,女人就快速跑下楼梯。男人嘴里叫着"玉丽"还是"宥丽",追着女人下去了。骚乱就这么稀里糊涂地收场了。

皙珍的丈夫回到家,嘟囔起来:

有教养的首尔市民皙珍　171

"那女人不道歉,反而发火了。好像她自己成了受害者。"

"她当然是受害者了,被自己丈夫散布虚假事实的受害者。而且她也没犯错,也没必要道歉啊。"

"那也是,夫妻不是一体的嘛。"

"你别瞎扯。"

楼下的抗议明显地减少了。但从那天开始,润露说她听见地板上传来嗡嗡的声音和类似于抓挠的某种让人难受的声音。润露坚信是楼下大叔装了扩音器故意制造的噪音,但没有证据,她也不敢乱说。事实上,晢珍没听见这个声音。润露说周末和傍晚安静,周一、周二和周四上午经常听到。为此,晢珍特意在周一请了半天假,但依然没听见声音。润露急得直跺脚,说就那天很奇怪,还说自己很委屈。晢珍觉得自己也很委屈。

即便是很小的噪音,润露都反应得很过激。一家人都没听见的声音,她却坚持说自己听见了,从哪里传来声音的话,她就哭闹。孖露跑到客厅或掉落玩具、关门时,润露都大声喊着让他安静点。晢珍给她买了据说能消除噪音的、昂贵的无线耳机,还租赁了可以听网课的学习室,甚至还多报了几个学习班,但效果却非常有限。润露已经变得异常敏感了。

晢珍夫妻俩早睡的某个晚上,润露来到他们房间哭闹,说楼上吵得她睡不着。丈夫穿着睡衣就出去了,回来说,跟楼上说了,还看见孩子回房间睡觉了。但那是骗润露的,楼上一直很安静。不过不管怎样,润露情绪稳定了。

丈夫来到公司前,接皙珍一起吃午饭,两个人去了恋爱时经常去的豆芽汤饭老店。味道没变,老板也没变,价格只涨了1000块!吃饭时,两个人只聊了饭店和食物。吃完饭,两人又去了位于同一栋楼的专业咖啡连锁店。丈夫点了冰美式,皙珍点了热美式,两人相对而坐,皙珍心想:"我们原来是这么不同啊!……今天的感触可真不少!"

丈夫首先开口说:

"我觉得最近很不幸。"

皙珍的心"咯噔"了一下,手心也变得冰凉,于是,她用双手捂住咖啡杯。丈夫接着说:

"准确地说,是搬到这个房子后,才觉得不幸的。"

皙珍明白丈夫的意思,而且,事实上,她也有同感。但,她不能表示赞同,也不能安慰丈夫,因为她感觉自己像是在遭受拷问。她只是无言地吹着热咖啡,喝完就站起来说:"走吧。"

所谓家人,所谓夫妻,原来就是这样啊!即使他不解释,也懂得他在说什么,他想说什么。所以,即便丈夫没说一句责难和批评的话，她也感受到了谴责。晢珍一下午心里都很难过，也没心思工作，看着电脑，眼泪就不自觉地掉了下来。伤心了多久，工作就堆积了多少。所以，晢珍又不得不加班。

晢珍站在阳台上呆呆地看着路对面的商业街，亮着灯的招牌映入眼帘。润露去年上的数学辅导班、孖露的美术辅导班、自己在下班路上去的健身中心、每个周末都去的餐厅、下班时经常打包回来的紫菜包饭店、给润露买手机的手机店……在东亚小区生活了14年的记忆——闪过。日子一直在变得更舒心更幸福，房子的大小和生活的质量也一直成正比。她曾坚信，只要努力地生活和工作，就能得到相应的补偿。她快马加鞭地来到了终点，但一切都在瞬间崩塌了。

这只是很常见的楼层间噪音而已。以前也有过难过的时候，但从来没有这么痛苦过，因为那时，解决不了的话，搬走就可以。但，这次她觉得没那么简单，因为她觉得自己的整个人生都被完全否定了。

丈夫、女儿和儿子都在自己床上睡着了。丈夫枕着据说能防止打呼噜的枕头，但他的呼噜声都能传到客厅；儿子踢开了被子，还一直在翻滚；女儿蜷着身子贴墙睡着。好温馨，好安静！但一到早上，楼上的孩子就开始蹦跳，楼下的男人听到这个声音的话，这个温馨和安静就会被无情打碎。女儿会痛苦，儿子会看脸色，丈夫则会觉得因为晢珍的决定一家人变得不幸。

晢珍觉得无法理解。"我到底做错了什么？我辛苦工作，勤俭持家，合理地处理人情世故，得到的却是埋怨？"眼泪不自觉地又流了出来。这个世界是如此不合理不公平，又是如此残忍。不过，最痛苦的事情是，内心的痛苦无处诉说。思想是自由的，但她懂得闭嘴，因为她是个有教养的现代人。

晢珍一家没能搬离115栋楼1102号，搬家并不是一件可以立刻决定、马上实施的事情。夹在嘈杂的楼上和敏感的楼下间，一家人都被逼得快要生病时，房价又噌噌地上涨了。搬过来1年后，这个房子已经涨到15亿了。晢珍对这个房子是既喜欢又厌烦，买了这个房子是既幸运又不幸，她觉得自己既幸福又悲伤。

有教养的首尔市民晢珍

奇怪国度的 Ellie

讲师室里,院长在喝咖啡。雅暎想用辅导班的微波炉热一下吐司,但又有点不好意思,于是,她问院长是否吃了午饭。院长说她在家吃过了,然后问雅暎:"你还没吃的话,我给你点个外卖吧?"

"不用,我带来了吐司。不过,我以为这里没人,所以就只带了一个。"

"嗯,我刚才吃了很多,不用管我,你吃吧。"

雅暎冲了一杯胶囊咖啡,把吐司放在微波炉里加热了20秒。她以为院长会出去,但不知道院长是有话要说,还是不想动弹,只是静静地坐在那里看着雅暎。雅暎端着咖啡,拿着吐司,坐到院长对面。看着乐扣饭盒里的吐司,院长眼睛睁得圆圆地问:

"你自己做的?不是买来的?"

"嗯,这个是前男友吐司。"

"前男友?雅暎老师现在还对前男友念念不忘啊?"

"不是的,不是我的前男友,这个吐司的名字就叫前男友吐司。"

雅暎告诉院长,这是个网红吐司,还把这吐司的故事告诉了院长:有个女孩忘不掉前男友给她做的吐司的味道,于是打电话给前男友,让前男友教给她这个吐司的做法。

"就为个吐司的做法,给已经分手的前男友打电话?"

"是啊,因为真的很好吃。我最近一天三顿都吃这个吐司。"

院长笑了,大概觉得雅暎在开玩笑。事实上,雅暎那个星期确实一直在吃前男友吐司。她只要迷上什么,就会一直做到厌倦为止。音乐会无限反复地只听一首,电影和电视剧会重复看好几遍,食物只吃一种,直到吃腻才不再吃。她最近迷上了前男友吐司,为做这个吐司,已经买了两瓶奶油奶酪。雅暎很热情地给院长介绍前男友吐司的做法,但院长对吐司并不感兴趣,只是很新奇地看着雅暎。

"你今天来得挺早啊。"

"嗯,平时打工结束后走过来,今天是坐公交车来的。"

"便利店近吗?"

"走过来的话,是40分钟。我就当作运动,一般都是走过来。"

"40分钟?哎哟!雅暎老师生活得可真是多姿多彩,好羡慕你的年轻啊!"

"我还年轻吗?我都30多岁了。"

"30岁当然还是个孩子,是一切皆有可能的年龄。"

院长笑眯眯地看着雅暎,那眼神不像是觉得她不懂事,反倒像是觉得她很可爱。不过,虽然院长嘴上说羡慕她年轻,但没有一点羡慕的神色。

院长已经到了中年,是个孩子的妈妈,语言和行动都很保守,她虽然不是蛮横无理或没眼色的类型,但辅导班的老师们都觉得她很难相处——说实话,都不喜欢她。当然,不管在哪个辅导班,喜欢院长的老师基本上是没有的。

雅暎并不讨厌院长。院长在每件事上都说"我已经老了,你们还年轻",这让雅暎有点惊讶。院长比雅暎大14岁,不过,雅暎与比院长年龄还大的老师、头发已经花白的咖啡店老板甚至与辅导班的孩子们都相处得像朋友一样,所以对院长的这种年龄区分感到很陌生。十几岁的年龄差距算什么?除去年龄上的差距,院长不是一个让人感觉不舒服的人,雅暎反而对既谦虚又充满自信的院长产生了好感。

院长问雅暎还有没有需要的东西,然后就走出了讲师室。雅暎虽然想说希望有个休息室,但又一想,她都算不上是个讲师，还在蹭讲师室用，总觉得不太好意思，所以就没说出口。

雅暎拿着试卷走进自习室，周一到周四，她每天在白银大厦的"精准英语数学辅导班"工作3个小时。工作内容是给幼儿园和小学部的学生考英语单词并判分，再给没通过考试的学生补考，此外，每个月底还负责月考的判分。她是在准备专升本考试时开始这项工作的，专升本考试失败了，但判分的工作却一直在继续，从一个辅导班到另一个辅导班，这个工作已经坚持了10年。雅暎工作很细心，而且跟孩子们很合得来，所以，不断有这样的工作来找她，而不用她主动去找这样的工作。

事实上，雅暎想当的不是单词考试老师，而是正式的讲师。但无论怎么发简历，都没收到过面试通知。在韩国，英语好的人实在太多了。拥有英语圈国家大学或语言学院结业证、毕业证、学位的人多如牛毛，首都圈专科大学英语专业的毕业证到哪里都拿不出手。但雅暎仍想象着以后能成为正式讲师，而且连英文名字都起好了，她想告诉别人，她的名字是Ellie，不是Allie，她想说："这个名字没有什么意思，不是A而是E，是Ellie。"

雅暎学习并不好，不过她喜欢英语。高考时考上了京畿道的一个专科学校,她不顾家人的反对来到首尔,开始了自食其力的生活。她找了一个没有保证金的老房子,和在附近上大学的女生一起住。同屋告诉雅暎,她的家人也说她的学校都算不上是首尔的大学,不让她来上学。但她和雅暎一样,不顾家人的责难和挽留以及挖苦,离家出走似的来到了学校。

虽然她执着地入了学,但学校的课程与教师以及同学却都不尽如人意。所有的人都想离开那所学校,雅暎也一样,她想忽略现在,只憧憬那模糊的未来。入学时,雅暎就想专升本,她想考入一个4年制学校的英语本科专业,然后去海外进行语言研修,回来再考翻译硕士。憧憬着美好的未来,她努力地打工,赚取未来会需要的学费和生活费。

2年间,她从未偷懒,也从未走捷径,而是非常诚实地工作和学习。毕业时,雅暎租到了一个300万元保证金的月租房,并拿到了同屋学校的专升本录取通知书,但她没去上,她想去一个更好的学校。"不错!辛苦了!"之类的话,没有一个人对她说。妈妈尖叫着让她马上回家,爸爸则说他会劝妈妈,但让雅暎再帮他去银行贷款。爸爸以她的名义在银行贷款,并在贷款、逾期还款,贷款、逾期还款之间无限重复,直到雅暎把家里闹翻了天,爸爸才把银行贷款还清了。爸爸有能力偿还银行贷款的事实,让雅暎受到了更大的冲击,从此,她便断绝了和家人的联系。

雅暎最近每天从凌晨到白天,在便利店打工,下午每周有四天在精准英语数学辅导班工作,有一天在爱猫酒店工作,周末则在近郊的博物馆自助餐厅工作。没有一个固定的工作,但却不知不觉已经30多岁了。雅暎并非没有努力生活,但奇怪的是,生活却越来越捉襟见肘。收入没有减少,也没有过度消费,但存折里的余额却越越来越少,用同样的保证金和租金可以租到的房子越来越差。

刚搬到考试院[1]时,她觉得人生已经跌倒了谷底,于是断绝了大部分的人际关系,放弃了专升本,但也没想找个稳定的工作。她曾在一个咖啡店做了很长时间的兼职,咖啡店老板也曾真心地劝过她:"年轻人这么没计划也没目标,怎么度过这漫长的人生?"不过,雅暎却觉得,正因为她没有计划也没有目标,才能一天一天地活下去。最终,她离开了那个咖啡店。

雅暎每天都过得很有意思,也很充实,但这样的每天加起来,就变成了不安。每天躺到床上时,她都觉得

---

[1] 韩国的一种租房形式,一般是准备升学考试、公务员考试等考试的人租用。考试院一般是一个楼层多个房间,且房间很小,仅能容下一张书桌和一个床,房租也相对低廉。

今天过得不错,但到了年底,却悲哀地感叹一年的一事无成——"现在不应该再做兼职了,应该找一个固定的工作,不管是什么工作,真的不管是什么工作,能当正式老师最好,哪怕能当上合同制老师也行。"

雅暎在小区里慢悠悠地走着,辅导班的工作结束后,她以散步的心情穿过现代公寓回家。建造公寓的时候,必须确保一定的照明面积吗?公寓真的很美很明亮!雅暎不理解人们为什么说公寓是一个灰色建筑林立的、荒凉的空间。不知道公寓的外墙是不是经常粉刷,每栋楼都一直很干净,还显得非常现代化,楼与楼之间还有很多的树木和花草以及猫。

现代公寓里有个小生态公园,公园里的人造小河一年四季都有涓涓细流。雅暎坐到长椅上,摘下口罩。首尔的傍晚,空气里有股奇怪的味道——烤瘦肉的味道,好像是蛋白质被烤熟的香味,又好像是有点苦又有点呛人的味道在四处飘荡。刚开始,雅暎以为附近有烤肉店,但却没闻到烤肉店特有的、甜甜的调料味,也没闻到木炭的味道,更没看到醉酒的人。但她总是能闻到这个味道。打工结束从高楼大厦里出来时、公交车站前面、走回家的胡同里……雅暎觉得这就是首尔的味道,而且喜欢上了这个味道。

路对面就是雅暎居住的住宅区。大路边有面条店、烤肉店、铁板鸡店、海鲜葱饼店……看着这些风格迥异又花里胡哨的招牌，雅暎噗嗤一声笑了——连锁餐厅在首尔随处可见，但这里居然一个都没有！是因为这里马上就要被拆除吗？

雅暎住在住宅区入口的多户型单间公寓，不是中间有走廊、两边是独立房间的现代单间公寓，而是把一个老房子隔成多个仅容下一个人生活的小房间的那种单间公寓。房东在房间与客厅之间、房间与房间之间，装上假墙、隔出卫生间，装上门，隔出多个房间，就可以把房子出租给更多的人。不过，房间挺大，可以放下上个房客留下的双人沙发、茶几、床以及雅暎带来的书桌，橘黄色的路灯透过硕大的窗子照射进来，厨房兼客厅里还有个推拉门，算是个两室一厅的房子。雅暎心里很明白，没有保证金，用这点租金，在首尔的任何地方都找不到这么好的房子。

因为这个地方正在拆迁。据说已经定好了施工公司，而且已经开始了房屋预售。在这个房子居住了很久的人拿到补偿金已经搬走了，雅暎在没有合同时间也没有保证金的合同上签字后搬了进来，还在"收到退房通知时，绝不要求延期，也绝不要求补偿，保证一周内搬离"的条款上又按了一次手印。专门替不在徐英洞居住的房东进行短期房屋租赁的房产中介社长说,再开发日程就像糖稀一样,总会变长,这里至少还能住一年。

雅暎已经厌倦了衣服上沾满食物味道、一整天都看不见太阳的考试院了。隔壁打哈欠的声音甚至放屁的声音都能听见的考试院生活让她非常疲惫,伸开胳膊的话,前面、侧面、后面没有一处碰不到墙,这让她感觉很窒息。她也打听过月租房或全税保证金贷款,但却连贷款的资格都没有。她不仅现在一无所有,还没有未来,连信用也是一团糟。

雅暎就这样无可奈何地搬进了这个房子。"让搬走时搬走就行了,反正没有家人,也没有行李,不管是考试院还是汗蒸房,总能找到一个容身的地方。"当然,住在这里很好,很幸福,她不后悔。可能以后她再也没有机会住上这么宽敞、有单独的厨房、有如画般的窗子的房子了。

但是,能住在这个房子的时间好像没剩下多少了。胡同入口的电线杆上不断更换着通知单,新的通知单在风中颤抖,空房子日益增多。

雅暎从冰箱的冷冻层拿出面包,在她洗漱的时间里,面包会化冻,她打算做个前男友吐司。网飞在持续更新吉卜力动画片,最近雅暎每天都看一集。打开电脑选出想看的电影，在热吐司的同时泡好咖啡，然后一边吃吐司、喝咖啡，一边看电影，是她最近晚上的生活方式。

她打开《千与千寻》，这是她初中时与同学一起在电影院看的电影，她只记得很有意思，却想不起来具体内容了。虽然是20年前的电影，现在要重新看一遍，她仍感觉很激动。

雅暎和朋友共用一个网飞账号。给朋友打电话问候时，朋友问她想不想一起承担会员费用，共用一个账号。那是她现在唯一联系的高中同学，雅暎一直没回家，所以也一年多没见到这个朋友了。每个月打给朋友一半费用时，通话聊天是她们交流的全部内容。不过，最近，雅暎觉得共用网飞账号的朋友最亲近。朋友看过的电影，她跟着看，朋友看的电视剧，她抽空一口气看完，朋友没看完就放弃的综艺节目，她以惊讶的心情看一遍时，就理解了朋友的心情和感受。朋友看到雅暎的观看记录时，会怎么想呢？

雅暎半躺着靠在沙发上，看着电影就睡着了。电影的场面延伸到了梦境，她梦见自己迷失在隧道对面已经成为废墟的主题公园里，不知道哭了多久，凌晨醒来时，眼角上的泪痕都已经干了。

一到爱猫酒店上班，雅暎首先挨个房间查看每只猫的状态。她虽然一周只来这里一次,但经常进酒店的博客看照片和监控,所以很清楚每个房间的情况。

她先打扫了公共区域,然后清扫每个房间的卫生间,擦去房间内的灰尘和猫毛,最后给每只猫的碗都添满水。她打开星星的房间门以及德佩与德曼的房间门,三个小家伙熟练地走到公共区域,星星爬到中间猫爬架的吊床上躺下,德佩与德曼则围着雅暎转圈,好像是想要玩具或零食。星星因为主人生病住院,在这个爱猫酒店已经生活了半个多月了,德佩与德曼不知道是什么原因,已经在这里待了两个多月了,雅暎用逗猫棒等玩具跟它们玩了20分钟,然后依次查看了还不熟悉这个酒店的猫,并用玩具和零食帮它们缓解紧张的情绪。最后,雅暎来到了兰兰的房间,并待了很长时间。

社长说,以前从来没空出过这么多房间,大概是因为疫情,旅行、出差、研修都暂停了,人们都待在家里。不过,救助了被遗弃的猫、问能否给予临时保护的电话多了起来。雅暎非常愤怒,但社长却很平静。

酒店是很多猫共同生活的地方,由于存在传染病的危险,所以不接受被救助的猫。打破这个原则、接受临时保护的猫就是兰兰。兰兰是韩国短毛混色母猫,今年已经三岁了。雅暎觉得在所有的猫中,这只猫是最丑的,虽然这么说不太好。不过，她的主人好像非常用心照看她，猫毛顺滑又有光泽，没有眼屎，爪子也都剪得很好。兰兰虽然很胆小，但从不攻击人，而且只让社长抱。抚摸着在社长怀里睡熟的兰兰，雅暎开玩笑地说：

"她知道谁有实权啊！这么聪明的小家伙，怎么会被丢弃呢？"

"死了，兰兰的姐姐。"

雅暎一时语塞，然后自言自语似的说："怎么……"社长抽了一下鼻涕回答说：

"据说是自杀。"

兰兰的姐姐今年29岁，白天在一个小型建筑公司上班，晚上准备公务员考试。最近公司经营困难，说是没发下来工资，还是被解雇了，兰兰的姐姐以前从未拖欠过房租，但今年却拖欠了好几次。冰箱里只有半瓶烧酒和一瓶汽水，但兰兰的饲料和零食却很充足。她只留下了一封写着兰兰的名字、年龄和预防接种情况以及兰兰喜欢的饲料、零食、玩具的信，信里说，她很抱歉没对兰兰负责到底，希望人们帮兰兰找到一个健康的新主人。说完，社长就开始擦眼泪。

"一周之后，警察撬开门进去时，发现兰兰眼睛睁得圆圆地趴在窗边。水碗里的水都已经风干了，饲料碗里的饲料依然是满满的。兰兰不吃也不睡，在那里到底在想什么呢?"

雅暎眼前生动地浮现出依靠着这个小小的体温挣扎着活下去的、兰兰的姐姐的样子,就好像兰兰的姐姐是她认识的人一样。事实上,她是认识的,她认识像兰兰的姐姐这样的人们。诚实、热情又善良的人们;迈着矫健的步伐走在路上的人们;就算在别人眼里看起来既微不足道又穷困潦倒,却依然顽强地构建自我世界的人们;会感恩于微小的喜悦,也会平淡地应对巨大悲伤的人们;只要给他们一点,哪怕是一点点的帮助和支持,就能站起来,简朴又幸福地活下去的人们;到死都不给任何人带来伤害的人们……

社长说,可能是因为她一个人生活很孤独。一个人生活是孤独吗?还是悲伤?抑或是不幸?雅暎也说不清楚。她和家人一起生活的时候、有很多朋友的时候、和同事们一起每天忙于工作的时候、热恋的时候也都经常感觉到孤独、悲伤和不幸。不是因为一个人生活,而是因为这个世界太冷酷无情。兰兰的姐姐如果也能这样想就好了……

但,雅暎突然很害怕,因为她觉得兰兰的姐姐就像是过去的自己。有计划、有目标、有未来的过去,诚实、努力生活的过去,但却没预料现在的过去……

社长问陷入沉思的雅暎:

"你要不要收养兰兰?"

"嗯?"

"你不是说想养猫嘛。"

"想是想,但是不行啊,我收养她就太对不起她了。我没有房子,也没有钱,每天还很忙。"

兰兰很难找到新家。长得不漂亮,也不是小猫了,还带着一个让人忌讳的故事。雅暎摸着兰兰的头,兰兰装作没感觉到似的闭着眼,但雅暎的手每次还没碰触到她,她就紧张地耷拉下耳朵。"唉,拿你怎么办才好呢?"

临近傍晚的时候,土豆来了,比预定时间晚了一个小时。它是一只像是从广告里跳出来的高级品种猫。主人很担心地说她要去出差,出差时间长,再加上隔离的时间,所以要和土豆分开3个月。她把手放进宠物移动箱,摸着土豆的头嘱咐道:

"土豆,你可不能忘了姐姐!"

现在飞机都停飞了,很多国家也都禁止外国人入境,居然去出差!雅暎很好奇土豆的主人做什么工作,但她没问。以前,她曾经常不经意地问过并不熟悉的人,但经常被误会有什么企图。

"与其让它自己孤零零地待在家里,待在这里更好一些。在这里跟我们玩、一直接触人的话,以后跟您也不会有很大的距离感。"

雅暎这么一说,主人"嗯"了一下,又有点尴尬地自言自语说:

"不是自己……"

"哦?"

"我丈夫在家,不过,土豆很害怕年轻男人。"

"对,经常有这样的猫。"

雅暎虽然表示了赞同,但心里却在想:"这是个什么人?"养着高级品种猫,家里明明有人,还花一大笔钱把猫托付给酒店,在这个情况下还去海外出差,真的是去出差吗?靠着这些远远不够的信息,雅暎推测着,但又觉得这样乱推测是不对的。就算是她误会了,她也不会解开这个误会,因为她不会再亲切地问任何问题了,而且她总是想起兰兰和兰兰的姐姐。

一直到雅暎下班,吓坏了的土豆都没从宠物移动箱里出来,它看了一眼外面,眼睛睁得圆圆的,身体缩成一团。对土豆而言,这里真的比家里还好?在这里的话,真的能和人一直接触?雅暎更讨厌土豆的主人了。

打工结束后,雅暎便飞奔向预定好的学习地点,去练习英语会话。她不能放弃英语。辅导班和家教太贵，所以，她通过社交APP、本地区的网上联谊社团、自己毕业大学的Facebook寻找一起学习的人，但大部分的情况都是时间或地区不合适，还有的情况是水平差距太大。

有一次很幸运地找到一个各方面都很合适的人，甚至约好了见面的时间，但对方没有任何联系就潜水了。发邮件、发私信，都没有回应，电话也打不通，不知道是不是被拉黑了。雅暎执着地寻找那个人上传的帖子，搜索那个人的网络账号和电话号码。那个人是在区域网络社区找到的，所以，在超市或餐厅与谁不期而遇四目相对时，她都会跟出去一段时间，以确定是不是那个人。

可能发生了不好说出口的事情，也可能是突然改变了想法，还可能是那个人小心眼、嫌麻烦、不好意思，或者本来就是个不会处理事情的人。换作以前的话，雅暎可能会说"运气真不好"，然后一笑而过。但，那时却不一样，她觉得自己被无视了，因而陷入了一种异常不快的情绪，无法自拔。

雅暎呆呆地坐在休息室里，负责语音教学的兼职大学生泡着咖啡问道：

"您要咖啡吗？"

"不要。"

"那给您杯牛奶？要不，速溶咖啡？那儿还有巧克力棒。"

"不用了。"

"您应该吃点甜的东西。"

"为什么？"

雅暎不明白这个兼职大学生为什么突然这么说，大学生端着满满一杯咖啡，坐到雅暎对面说：

"您是我们辅导班最爱笑的老师，不是，是我见过的韩国人中最爱笑的人。韩国人基本上都是一副生气的表情。您不一样，您从来都不是面无表情，不过，最近却不怎么笑了。所以，连我都觉得有点伤心。"

是吗？雅暎最近因为英语学习被放鸽子是有点忧伤，但她没想到居然表现了出来，也没想到兼职大学生居然看出了自己的情绪变化。于是，她不由自主地觉得这个大学生很可信，就把这几天发生的事情全部说了出来，说完，她愈发觉得自己渺小了。

"我是不是很可笑？因为这点小事就……"

"这怎么能说是小事呢？我听着都很生气。"

兼职大学生比雅暎还生气，然后突然说要给雅暎介绍留学生。"他出生在韩国，但出生后便被领养，作为美国人在美国长大，最近迷上了韩国流行音乐，为了学韩语才来韩国上大学的。现在在语言学院学习，也做兼职，还积极参加各种活动,如果一起学习的话,可以给彼此很多帮助。"说完,大学生问雅暎喜不喜欢韩国流行音乐。

"刚刚喜欢上了。"

雅暎与兼职大学生的美国朋友一周见两次,他们各自准备好韩语与英语新闻报道,然后一起阅读,并以对话的形式进行讨论。雅暎觉得,这样学习不仅可以学到英语,而且这个美国朋友的兴趣非常广泛,思想还很深刻,能很好地激励自己。所以,她决定,不管发生什么事情,都绝不推迟或取消这个学习。

雅暎提前达到了学习的地方,一边找资料一边等那个美国朋友。她选了关于上次美国大选的报道,不认识的名字非常多。她集中精力地在打印纸的空白处写上好奇的内容和检索到的信息,有人打来电话都没听见。美国朋友对政治也很感兴趣,两个人整整聊了预约好的两个小时,但仍意犹未尽,于是约定下周继续阅读相关的报道。

朝公交站点走的路上,雅暎才看到有未接电话。房产中介社长打了四次电话,还发了短信让雅暎回电话,在这么晚的时间!雅暎两腿一软,瘫坐在公交站点的座椅上——她好像已经知道是什么事了。

太突然了。雅暎无处可去,行李已经是搬进来时的两倍。房产中介的社长说自己家有仓库，可以暂时把行李放在那里。

"不要担心，我会尽快给你找到房子的！"

雅暎很想抓住社长的手说自己也想去那个仓库住，但那样就显得太急迫了，被别人发现自己不安又忧伤是一件非常危险的事情。所以，她一直装着悠闲又快乐，这让她心理很健康，但也让她在遇到困难时无人可依靠，她已经忘记向别人请求帮助的办法了。

"那我周一先把行李搬出来，我先去我姨家住。"

"你姨在这附近住？"

"不在这附近，在首尔的最边上，往返需要四个小时。"

雅暎没有住在首尔的姨。大姨住在密阳，小姨住在梁山。社长不知道雅暎的真实情况，说了句："那也还好。"

"你坚持一下，我真的会很快给你找个房子的，你放心吧！不过，你有多少保证金？"

雅暎抬起左手，伸出五个手指，社长歪了一下头问：

"五、千万？"

雅暎叹了一口说：

"不是，是500万。"

这次，社长叹了一口。

只收拾出了当场需要的衣服和书籍以及手提电脑，就装满了两个巨大的旅行箱和一个背包。雅暎先把旅行箱拉到了辅导班——她得上班，但却没有地方放旅行箱。前台的老师瞪大了双眼问她是不是去旅行。

"不是……"

她不知道该怎么解释。她得搬家，但没弄好日期，就变成这样了。行李已经委托给保管搬家公司了，姨家太远，不得不把旅行箱暂时放在讲师室里。雅暎进行了一番算不上撒谎但也不够坦诚的解释。前台的老师静静地听着雅暎的解释，然后说：

"您在说什么呀？我一句都没听懂。"

雅暎心里想：我也不知道我在说什么。

她在辅导班待到很晚。反正无处可去，就算下班，又能干什么呢？她在辅导班准备下次的英语学习。因为疫情，现在线上与线下授课同时进行，基本上没有来上班的老师，送走前台老师后，自己安安静静待着的感觉也不错。辅导班里有饮水机，有咖啡和桶装方便面、速食米饭，还有一个可以刷牙的洗手台——虽然她不应该使用，有电脑，网速也很快，雅暎不想走出辅导班。

她反锁上辅导班的门，蜷缩着躺在讲师室的双人沙发上——虽然这不是有计划的。她不知不觉地闭上眼睛，"要不，今天就在这里睡吧？哎呀，还没洗漱呢！万一被人发现可怎么办？"讲师室里没有监控，但辅导班门口和教师里有，不过都不是实时监控，除非有人丢失了东西或发生了火灾，否则没人去查看监控。

雅暎蜷缩着睡着了，到凌晨才醒来。可能是因为晚上喝了速溶咖啡，她想去卫生间，嘴里也很涩。四周黑得伸手不见五指，所以更不敢打开灯，她借着手机屏幕的光悄悄地走出讲师室，向门外看了一眼。整个4楼都是辅导班，所以，现在一点灯光都没有。卫生间那边没有窗子，显得更黑，谁把卫生间的灯关上了！站在被锁上的玻璃门内朝外看，雅暎觉得自己好像成了僵尸电影的主人公，肩膀瑟瑟发抖。

雅暎拉了一下把手，再一次确认了卫生间的门已经被锁上后，回到讲师室——她决定忍着。凌晨的空气有点凉，她从旅行箱里拿出长开衫，像盖被子似的盖在身上。"为什么衣服盖着比穿着更暖和？哎呀！真想去卫生间啊！"这样想着，雅暎又睡着了。阳光射入贴着磨砂纸的窗子，她睁开了眼睛。这栋楼里有个24小时桑拿店，她去那里洗了澡换好衣服后，去便利店上班了。

雅暎在辅导班过了几天，每天清晨去桑拿店洗澡，把替换下来的衣服攒起来去附近的洗衣房清洗。雅暎本来没打算在辅导班过夜，她甚至已经打电话问过以前住过的女性专用考试院有没有空房间，但在辅导班过了几天后，她反而觉得，比起淋浴室和卫生间一直排不上号、房间还很小的考试院，辅导班更好。

一到周四，前台的老师总是瞟雅暎，雅暎有时回视她一眼，有时尴尬地笑笑，到了下班时间，她就急急忙忙地离开辅导班，也没嘱咐前台老师锁上门关上灯，显得有点鬼鬼祟祟。

雅暎没打算继续在辅导班待着，虽然这没给辅导班带来很大损失，但总归不太好。去考试院吧，走吧！再休息一小会吧！再打一把游戏，再喝一杯咖啡，再看一集电视剧……时间却飞快地流逝，她决定再听一首歌就离开时，外面传来拉门的声音。雅暎猛然站了起来，然后停了一下。"怎么回事？有小偷？藏起来吧！"雅暎正寻找藏身的地方时，随着啪的一声响，门口的灯亮了。雅暎吓得急忙蜷缩着身体蹲下，这时，随着一阵令人绝望的摩擦声，讲师室的门开了。

"雅暎老师？"

是院长。

"你真在这里睡？"

紧张感骤然消失，雅暎随即便啪嗒啪嗒地掉下了眼泪。

不知所措的院长伸出手,用右手手指给她擦了擦眼泪问:

"怎么哭了?"

"我以为是小偷呢!真的吓死了!"

院长很无语般地笑了,然后说她听前台的老师说了。雅暎这才想起来说"很抱歉,对不起",但院长摇了摇头说她不是那个意思。院长说,这栋楼虽然有警卫,也有保安设施,但商业楼的晚上并不安全,还问雅暎有没有可以暂住的地方。

"我本来也打算今天去考试院。因为搬家的日期没弄好……"

"所以,什么时候能搬过去?"

雅暎回答不上来,然后,正歪着头思考的院长说:

"你来我们家住吧?"

"嗯?"

"我们家有个空的房间,不是完全空的,是个书房,晚上没人住。你去那里睡吧?"

从院长突然到来,到现在的对话让雅暎觉得惊慌失措,她觉得有点头晕,拼命地摇着双手拒绝。

"您的家人会很不方便的,丈夫和孩子都会不方便的。"

"啊!我没有丈夫,我没说过吗?而且,儿子反正待在自己房间里不出来。如果你觉得不方便,就没办法了,那应该怎么办呢?"

"院长您为什么要考虑这个呢?"

"那,我就当不知道?"

"当然了,这是别人的事情。"

"是吗?那我现在做的事情很可笑喽?"

雅暎不好意思地笑了。然后,院长回答说:

"世上没有完全与自己无关的事情,年纪越大,越这么觉得。"

然后,院长又陷入沉思。雅暎不知道院长在想什么,也不知道她在说什么,她不能理解院长想干什么。她把书和充电器以及衣服都放进旅行箱里,院长问:

"雅暎老师,你不想去考试院,对吧?真不去我们家吗?我没有什么可以帮助你的吗?"

雅暎看着院长思考着。事实上,她有话想说。"说?还是不说?说?能说吗?不能说吧?"然后,以豁出去的心情回答说:

"您现在不是在招聘英语专任讲师嘛,我能投简历吗?"

院长一脸迷糊,没说话。雅暎接着说:

"我知道,我学校不好,学历也不高,年龄还大。但我真的很努力地在学英语,和孩子们也相处得不错。如果能有笔试和试讲机会,我会做得很好的。但是,别的辅导班只看简历就面试,我连面试的机会都没有。"

院长这才眨着眼回答说:

"是,是吗?那,那我们试讲一下吧。下周?下周四的小学部英语课,你来试试吧?我和尹老师去听课。"

"真的吗?我真的可以试着讲课吗?我会努力的,我会好好上课的。不过,我不是求您聘用我,讲课讲得不好的话,您不用聘我,真的!"

"知道了,你不说,我也会这么做的。"

说完,院长低下头无声地笑了。雅暎觉得自己有点唐突。

"我是不是太莽撞了?"

"不是!绝对不是!我听前台老师说了之后,一直在想怎么能帮你。唉,就……反正就觉得,好好的一个年轻人,也不能不管不问。我在想,借给你点钱?给你订个宾馆?或者把你带到我们家,就是没想到这个。是我,太让人无语了。我太可笑了,真的。"

这次,雅暎也完全无法理解院长在想什么,在说什么。

雅暎背着鼓鼓囊囊的背包,两手各拉一个旅行箱,坐上了地铁。考试院剩下的房间偏偏是一个最小又没窗子的房间,光想想就觉得憋闷。她打算先在考试院住着,再打听房子、准备试讲,即便试讲没通过,她也决定再找一个正式工作，不再做兼职了。不过，她也轻轻地拍着自己说："别心急，别心急！"

空荡荡的地铁里，雅暎把行李箱并排放在过道里，拿出手机，想确认小学部的进度表。她打开谷歌浏览器，门户网站的主页上蹦出"00后、90后拼灵族，首都圈买房热情高涨"的报道。雅暎觉得报道中罗列出的30多岁人的事例都很陌生，那是一个完全不同的世界，所以她反而没觉得荒谬，也没生气。拼拼凑凑就能买到房子的灵魂到底是什么样的灵魂呢？我连灵魂都是空洞的呀！雅暎笑了，但实际上，那并不可笑。

作家的话

这本书始于收录在主题小说集《都市小说，你现在生活在哪里？》中的短篇小说《你认识春天的爸爸吗？》。刚开始创作《你认识春天的爸爸吗？》时，完全没想到日后会结集出版。在与编辑进行探讨并修改小说的过程中，我对徐英洞产生了兴趣。在主题小说集出版发行后，我依然不断想象着小说中的人物，也在不断想象徐英洞的故事。这些故事最终构成了这本小说。

非常感谢给予我创作主题小说机会并将本系列短篇小说集付梓出版的韩民族出版社郑振恒本部长与韩民族出版社文学组，在他们的支持下，一篇简短的小说才得以不断扩充与发展，并找到了自身的价值与意义。

创作这些小说的过程非常艰难，我感到很痛苦也很羞愧。

2022年1月

赵南柱

서영동 이야기(The Story of Seoyeong-dong)
By 조남주(Cho Nam-Joo)
Copyright © 2021 by Hankyoreh En Co.,Ltd
Chinese Translation copyright © 2023 by Shanghai Translation Publishing House (STPH)
This edition is publish by arrangement through BC Agency, Seoul & CA-LINK International LLC, Beijing

图字：09-2022-0575号

图书在版编目（CIP）数据

发生在徐英洞的故事 /（韩）赵南柱著；李冬梅译. — 上海：上海译文出版社，2023.10
ISBN 978-7-5327-9340-2

Ⅰ.①发⋯ Ⅱ.①赵⋯ ②李⋯ Ⅲ.①长篇小说－韩国－现代 Ⅳ.①I312.645

中国国家版本馆CIP数据核字（2023）第170984号

发生在徐英洞的故事
［韩］赵南柱　著　李冬梅　译
责任编辑 / 刘　晨　装帧设计 / 山川制本 workshop

上海译文出版社有限公司出版、发行
网址：www.yiwen.com.cn
201101 上海市闵行区号景路159弄B座
江阴市机关印刷服务有限公司印刷

开本 787×1092　1/32　印张 7　插页 5　字数 77,000
2023年10月第1版　2023年10月第1次印刷
印数：00,001—10,000册

ISBN 978-7-5327-9340-2/I・5829
定价：48.00元

本书中文简体字专有出版权归本社独家所有，非经本社同意不得转载、摘编或复制
如有质量问题，请与承印厂质量科联系。T：0510-86688678